P

Coll

MW01705700

Pierre et Jean
(1888)

GUY DE MAUPASSANT

CHRISTOPHE CARLIER
Agrégé de lettres classiques
Docteur ès lettres

Sommaire

 ISSN 0750-2516 ISBN : 978-2-218-74830-1

Les indications de pages renvoient à l'édition Gallimard de* Pierre et Jean*, collection « Folio », n° 1414.

Édition : Luce Camus
Maquette : Tout pour plaire
Mise en page : Fiat Lux

FICHE PROFIL

Pierre et Jean (1888)

Guy de Maupassant (1850-1893)

Roman — XIXe siècle

RÉSUMÉ

Anciens bijoutiers parisiens, les Roland mènent au Havre une existence tranquille. Le père s'adonne à la pêche, la mère songe à marier ses fils. L'aîné, Pierre, a fini ses études de médecine ; le cadet, Jean, a fait son droit. L'un ou l'autre pourrait épouser Madame Rosémilly, une jeune voisine à laquelle son veuvage a laissé un peu de bien. Un soir, un notaire révèle qu'un ancien ami de la famille, Léon Maréchal, est mort en laissant toute sa fortune à Jean. Cette « bonne nouvelle » (p. 79) est le point de départ d'une crise familiale.

Pierre, jaloux, soupçonne que Léon Maréchal était le père de Jean. Torturé par le doute, il est bientôt certain de l'infidélité de sa mère, faute qu'il n'arrive pas à lui pardonner. Il reproche à son frère d'accepter, par cupidité, un argent qui déshonore sa famille. L'aveuglement et la médiocrité de son père lui pèsent. Il se sent trahi par les siens.

Cependant, la fortune sourit à Jean. Celui-ci s'installe dans un appartement où Pierre avait lui-même rêvé d'emménager. Il demande en mariage Madame Rosémilly. Pour soustraire sa mère aux attaques de Pierre, il suggère à son frère de prendre un poste de médecin sur un navire au long cours. Pierre accepte. Il s'embarque sur la *Lorraine* et se retrouve ainsi exclu du cercle familial.

PERSONNAGES PRINCIPAUX

– **Pierre :** L'aîné des deux frères, âgé de trente ans, est aussi le plus sensible et le plus sincèrement attaché à sa mère. C'est pourquoi il réagit si violemment à l'idée qu'elle ait pu être infidèle. Il souffre de se sentir peu à peu supplanté par son frère dans l'estime des siens.

– **Jean :** L'heureux héritier de Léon Maréchal est âgé de vingt-cinq ans. Il ne se pose aucune question sur sa naissance et se laisse aller à son sort sans inquiétude ni scrupule. À la fin du roman, il fait tout de même l'effort de prendre sa mère sous sa protection.

– **Madame Roland :** Plus sensible et plus fine que son mari, elle a éprouvé pour Léon Maréchal un amour sincère. Elle souffre cruellement de l'aigreur et des colères de Pierre.

– **Monsieur Roland :** L'ancien bijoutier est le modèle du cocu aveugle et satisfait. Le narrateur s'amuse en peignant ce personnage. Il dénonce avec une certaine joie «les manies, les affirmations niaises, les opinions vulgaires et la médiocrité trop visible» (p. 115) du petit-bourgeois.

CLÉS POUR LA LECTURE

1. Les liens familiaux

La famille Roland, composée des parents et des deux fils, semble unie au début du roman. Mais au fil des chapitres, Pierre s'éloigne progressivement des siens.

2. La jalousie

Envers son frère dont il envie la fortune, puis envers sa mère par laquelle il se sent trahi, Pierre éprouve une jalousie que rien ne peut apaiser.

3. Le moi et l'«autre»

De Pierre ou de Jean, quel est le «vrai fils»? Est-ce Pierre, le fils légitime de M. Roland? Ou est-ce Jean, dont M. Roland semble si fier? Et qui est l'«autre», celui qui est de trop et qui finira par quitter la maison paternelle?

4. La satire sociale

La petite bourgeoisie est peinte avec humour et cruauté. La satire sociale met notamment en évidence la cupidité, la bêtise et le mauvais goût des Roland.

5. L'analyse d'une crise intérieure

Maupassant fait le portrait d'un homme qui jette soudain sur sa propre famille un regard nouveau. Pierre se sent étranger parmi les siens et s'exclut lui-même de son propre foyer.

6. Un style simple et sobre

L'auteur peint avec réalisme des êtres ordinaires. Dans «Le roman», le texte qui précède *Pierre et Jean*, il proclame son goût pour la simplicité. Son art consiste à faire tout ressentir par le biais d'une remarquable économie de moyens.

PREMIÈRE PARTIE

Résumé et repères pour la lecture

CHAPITRE PREMIER (pages 61 à 84)

L'annonce de l'héritage

RÉSUMÉ

M. et Mme Roland, accompagnés de leurs deux fils, Pierre et Jean, passent la journée en mer à bord de leur bateau, la *Perle*. Sur leur invitation, leur voisine, Mme Rosémilly, s'est jointe à eux.

M. Roland est un ancien bijoutier parisien. Épris de pêche et de navigation, il s'est retiré au Havre dès qu'il a pu vivre de ses rentes. Ses fils viennent d'achever leurs études : Pierre, l'aîné, a fait sa médecine et Jean son droit. Tous deux passent leurs vacances chez leurs parents avant de s'installer prochainement au Havre. Mme Rosémilly, jeune veuve fortunée, serait un beau parti pour l'un d'eux.

Mais l'heure est à la navigation. M. Roland ne songe qu'au poisson. Son épouse, comme d'ailleurs Mme Rosémilly, se laisse bercer par la mer et le grand air. Les deux frères sont chacun postés à une rame. Ils mesurent leur force, la présence de Mme Rosémilly aiguillonnant leur orgueil. Pierre déploie toute sa vigueur, mais il s'essouffle rapidement et Jean reprend bientôt l'avantage. La *Perle* arrive alors au port.

De retour à terre, Mme Roland invite Mme Rosémilly à dîner « sans cérémonie aucune, afin de finir ensemble la journée » (p. 73). Mais une surprise les attend. À trois reprises, quelqu'un s'est présenté au logis des Roland en leur absence, envoyé par leur notaire, maître Lecanu. Les Roland se demandent de quoi il peut s'agir. Sitôt le dîner terminé, Mme Rosémilly s'éclipse. Maître Lecanu apparaît enfin. Il s'est déplacé lui-même pour apprendre aux Roland le décès d'un de leurs vieux amis, Léon Maréchal. Celui-ci laisse tous ses biens à Jean « qu'il a vu naître, grandir, et qu'il juge digne de ce legs » (p. 78). M. Roland se réjouit bruyamment ; son épouse reste songeuse.

REPÈRES POUR LA LECTURE

Un mot clé : « Zut ! »

« Zut! », lance M. Roland au début du chapitre (p. 61). Cette exclamation familière est le premier mot du roman. Un peu plus bas, ce « zut énergique » (p. 67) est repris et expliqué par le narrateur. À la fin du chapitre, M. Roland s'écrie à nouveau : « Ah! bien alors, zut ! » (p. 83). « Zut » est donc le mot clé de ce premier chapitre.

Cette interjection lancée avec vigueur plonge immédiatement le lecteur au cœur d'une scène quotidienne, en compagnie de personnages qui s'expriment avec vivacité et naturel. Ce procédé, qui vise à donner au lecteur l'illusion du réel, relève du roman naturaliste. Il rompt avec les longues descriptions préparatoires du roman balzacien. Ici, le narrateur s'efface devant les personnages et précipite le lecteur dans l'action.

Une exposition dynamique

On nomme *exposition* la manière dont, au début d'une œuvre, sont introduits les éléments de l'intrigue. L'exposition de *Pierre et Jean* est rapide et vivante. Elle fournit au lecteur des informations sur les lieux et sur les personnages qui contribuent à inscrire le récit dans le réel.

La description des lieux : les indications géographiques, réduites à l'essentiel, sont placées par le narrateur dans la bouche des personnages, ce qui contribue à créer un effet de naturel. Ainsi, la région – en l'occurrence la côte normande – est présentée par le père de famille, M. Roland, qui campe le décor avec des gestes que le lecteur imagine sans peine :

> Puis il expliqua la côte en face, là-bas, là-bas, de l'autre côté de l'embouchure de la Seine – vingt kilomètres, cette embouchure – disait-il. Il montra Villerville, Trouville, Houlgate [...] (p. 72).

Quant à la ville où se situe l'action (nous apprenons dès la page 63 qu'il s'agit du Havre), elle n'est vue que par les yeux des personnages. Au moment où ceux-ci remontent du port, une « foule nombreuse, tranquille » (p. 73) marche dans les rues. Mme Roland et Mme Rosémilly regardent les vitrines des magasins de mode, tandis que M. Roland se passionne pour les bateaux du bassin. L'évocation poétique des mâts qui forment une « forêt sans feuille » (p. 73) est fort brève. Et surtout, elle n'intervient que dans la continuité de la vision de M. Roland. Le narrateur ne décrit pas réellement la ville : il épouse seulement la vision des héros.

La présentation des personnages : dans ce chapitre d'exposition sont réunis les principaux protagonistes du récit, M. Roland, Pierre et Jean, les frères ennemis, Mme Roland et Mme Rosémilly. Conformément au parti pris « objectif » du romancier naturaliste, le narrateur nous les montre d'abord en train d'agir. Ce n'est qu'après avoir rapporté les activités des personnages que le narrateur donne quelques indications sur leur physique, leur caractère ou leur vie. Tel est le cas quand il peint M. Roland :

> Il avait enroulé son fil [...] et [...] annonça :
> – Je n'essayerai plus jamais de pêcher l'après-midi. [...]
> Le bonhomme regardait la mer autour de lui avec un air satisfait de propriétaire.
> C'était un ancien bijoutier parisien qu'un amour immodéré de la navigation et de la pêche avait arraché au comptoir (p. 62-63).

L'ordre des séquences est significatif : narration et dialogue précèdent le commentaire psychologique et le rappel du passé de M. Roland. Le narrateur s'intéresse à l'impression instantanée, à la sensation fugitive ressentie par le personnage. C'est pourquoi il présente sa déception de pêcheur avant d'évoquer son passé de bijoutier. Le but de ce chapitre n'est pas de tout nous dire des Roland ou de Mme Rosémilly. C'est de nous faire partager un moment de leur vie, tout en nous fournissant, sous forme d'allusions, quelques indications sur eux. Dans cette présentation des personnages, tout est significatif, et rien n'est développé, ce qui ménage l'intérêt du lecteur.

CHAPITRE II (pages 85 à 94)

La naissance de la jalousie et du soupçon

RÉSUMÉ

Dans la soirée, Pierre sort se promener. Fuyant la « banale camaraderie » (p. 85) du café, il se dirige vers la mer. Là, il réfléchit un moment, attribuant son humeur maussade à une légère jalousie à l'égard de l'héritage de Jean. Il marche en rêvant vers le bout de la

jetée et contemple un instant la rade. S'approchant d'un solitaire qui s'attarde comme lui sur le port, Pierre reconnaît son frère. Il évoque les désirs de voyage qu'éveille en lui la proximité des bateaux. Mais très vite, sentant bien que Jean ne le comprend pas, il le félicite de cet héritage inattendu et tourne les talons.

Pierre se réfugie dans la pharmacie du vieux Polonais Marowsko, qui lui offre une liqueur de sa composition. Il lui conte l'histoire de l'héritage. Marowsko, mécontent, répète plusieurs fois : « Ça ne fera pas un bon effet » (p. 93). Mais il refuse d'en dire davantage.

Pierre rentre chez ses parents et se met au lit.

REPÈRES POUR LA LECTURE

L'errance de Pierre et son cheminement intérieur

Contrairement au premier chapitre où les personnages faisaient l'objet d'une présentation égale, le chapitre 2 est centré autour de Pierre. Il décrit la longue marche du personnage à travers la ville, qui se décompose en deux mouvements :

– premier mouvement : début de la promenade (« Dès qu'il fut dehors », p. 85), promenade dans la ville (p. 85-86) et sur le port (p. 86-89), qui débouche sur la rencontre avec Jean (p. 89-90) ;

– deuxième mouvement : fin de la promenade (« Lorsqu'il fut rentré dans la ville », p. 90), visite à Marowsko (p. 91-93), puis retour au logis (p. 94).

Comme le « zut » de M. Roland dans le premier chapitre, le parallélisme des tournures (« Dès qu'il fut dehors », « Lorsqu'il fut rentré dans la ville[1] ») souligne ici la construction du chapitre. Il crée en outre une impression légère de répétition : de même que le personnage va au hasard, sans parvenir à se distraire, le récit ne progresse pas. En même temps qu'il marche, Pierre s'interroge (« Qu'ai-je donc ce soir ? » p. 86), découvre qu'il est jaloux et, par là, met au jour l'« autre » qui est en lui (p. 87), première amorce du thème du double (« cette seconde âme indépendante et violente »).

1. Deux autres tournures se font écho : « Il se demandait : "Où irais-je bien ?" cherchant un endroit qui lui plût » (p. 86) et « Il se demanda de nouveau ce qu'il ferait, mécontent de cette promenade écourtée » (p. 90).

Entrée en scène de Marowsko

Ce chapitre introduit cependant un nouveau personnage, Marowsko, dont la réflexion (« Ça ne fera pas un bon effet », p. 93) va faire avancer l'intrigue. Première rencontre avec le vieux pharmacien polonais, à laquelle répond, comme en écho, la visite d'adieu que lui fera Pierre au chapitre IX, avant de s'embarquer.

CHAPITRE III (pages 95 à 113)

« Jean le Riche »

RÉSUMÉ

Le lendemain, Pierre se lève, bien décidé à faire fortune en devenant un médecin en vue. Il lui faut d'abord trouver un appartement où s'installer. Il commence donc ses recherches en visitant quelques logements. Il rentre pour le déjeuner avec une demi-heure de retard.

Pierre constate qu'on ne l'a pas attendu pour se mettre à table. Il se sent mis à l'écart du cercle familial et en ressent du dépit. La conversation roule sur la fortune de Jean et la manière dont celui-ci va pouvoir en profiter. Jean et ses parents partent chez le notaire. Pierre refuse de les accompagner.

Dans l'après-midi, Pierre reprend ses recherches et trouve sur le boulevard François-Ier un appartement qui lui conviendrait parfaitement... s'il n'était trop cher pour lui. Il décide de demander à Jean une aide financière qu'il remboursera rapidement. Il va s'asseoir sur un banc, puis flâne longuement à travers la ville, songe à rendre visite à Mme Rosémilly et y renonce aussitôt. Il se rend enfin dans une brasserie dont il connaît la serveuse. Mais celle-ci interroge Pierre sur son frère (qu'elle trouve « rudement joli garçon », p. 103). Puis, comme Pierre lui parle de la fortune de Jean, elle insinue que celui-ci doit être le fils naturel de Maréchal. Pierre quitte la brasserie. Il décide qu'il doit parler à son frère et le dissuader de recevoir un héritage qui compromet la réputation de sa famille. Il rentre à la maison.

Cependant, ce soir-là, M. Roland a invité Mme Rosémilly et le capitaine Beausire à fêter la «bonne nouvelle» (p. 106). Il leur offre un dîner somptueux et généreusement arrosé. La bonne humeur générale indispose Pierre qui devient agressif, puis cassant.

Mais, à son tour, il se laisse gagner par l'ivresse et s'apaise. Il monte se coucher et dort « comme une brute » (p. 113) jusqu'au lendemain.

REPÈRES POUR LA LECTURE

Plus dense que le précédent, ce chapitre mentionne les premières manifestations de la jalousie de Pierre. Il introduit en outre deux nouveaux personnages : la serveuse de la brasserie et le capitaine Beausire.

La jalousie de Pierre

Au cours de ce troisième chapitre, le lecteur voit progresser la rancœur et l'amertume de Pierre. Dans un premier temps, le héros veut dominer ses sentiments : quand se présente la pensée de l'héritage, « il la chass[e] avec impatience, ne voulant point s'abandonner sur cette pente de jalousie » (p. 101). Cependant, dans un deuxième temps, la remarque de la serveuse de brasserie (« ça n'est pas étonnant qu'il te ressemble si peu », p. 104), qui vient s'ajouter à celle de Marowsko au chapitre précédent, ne fait qu'étayer sa jalousie. Enfin, le dîner célébrant « l'avènement de Jean le Riche » (p. 107) excite sa mauvaise humeur.

Installé à la table familiale, Pierre regrette d'abord de n'avoir pas dîné seul « pour éviter tout ce bruit, ces rires et cette joie qui l'*énerv[ent]* » (p. 108). Ensuite, « Pierre, *de plus en plus agacé*, répon[d] en ricanant » à son père (p. 108). Puis, c'est « *avec aigreur* » (p. 109) qu'il s'adresse à Beausire. Enfin, « *nerveux et agacé* » (p. 111), il boit de plus en plus et se laisse aller à l'ivresse.

Deux personnages nouveaux

La fille de la brasserie et le capitaine Beausire sont des personnages secondaires[1]. Ils apportent au récit une touche de réalité et de couleur locale. La serveuse représente un type social : elle a « cette familiarité facile des filles dont la caresse est à vendre » (p. 103). Beausire est une figure plus pittoresque et plus typique des ports :

1. Pour une analyse de ces personnages, voir p. 45-46.

ce « petit homme tout rond à force d'avoir roulé sur la mer » (p. 106) est un de ces anciens marins qui, par le récit de leurs souvenirs, réels ou imaginaires, égayent les soirées. Ainsi, à la table des Roland, Beausire raconte « un dîner qu'il [a] fait à Saint-Domingue à la table d'un général nègre » (p. 107). Puis il se lance dans d'extravagants récits de pêches exotiques, « en mimant d'une façon si plaisante que tout le monde ri[t] aux éclats en l'écoutant » (p. 108).

CHAPITRE IV (pages 114 à 131)

Les doutes de Pierre

RÉSUMÉ

Pierre se réveille d'excellente humeur et chasse ses soupçons de la veille : il lui paraît impensable de mettre en doute la fidélité passée de sa mère. Il est ponctuel au déjeuner au cours duquel il se montre gai et spirituel. Il passe l'après-midi en mer avec le matelot Papagris (dit Jean-Bart), chargé de l'entretien de la *Perle*. Le temps est radieux. Bientôt, pourtant, la brume se lève et les oblige à regagner le port. Pierre rentre transi et se couche pour dormir jusqu'au dîner.

À table, il apprend avec surprise que Mme Roland vient de louer pour Jean l'appartement du boulevard François-Ier où il avait lui-même rêvé de s'installer. Il parvient à dissimuler sa fureur. Au milieu du dîner, il questionne ses parents au sujet de Léon Maréchal.

Il sort ensuite dans les rues, se réfugie chez Marowsko qu'il quitte presque aussitôt. Tourmenté par une question obsédante (« Pourquoi ce Maréchal a-t-il laissé toute sa fortune à Jean ? » p. 122), il erre dans la nuit et va s'asseoir sur la jetée. Sollicitant sa mémoire puis son imagination, il se persuade que cet homme est le vrai père de Jean. Il se rappelle notamment que Léon Maréchal était blond – comme l'est justement son frère. Furieux contre sa mère, il ressent une bouffée de violence à son égard et voudrait ne pas rentrer chez ses parents.

Il se résout pourtant à aller se coucher et parvient à s'endormir « à force de volonté » (p. 131).

Ce chapitre se présente comme un monologue intérieur, entrecoupé de quelques interruptions

Le monologue intérieur...

Pierre, seul face à lui-même, s'interroge sur la fidélité de sa mère.

Tantôt c'est l'indulgence qui l'emporte. Le héros s'en veut alors d'avoir soupçonné « sa pauvre mère, si bonne, si simple, si digne » (p. 114). Ses doutes lui semblent aussi inadmissibles qu'absurdes : « Je suis fou, pensa-t-il, je soupçonne ma mère » (p. 128).

Tantôt il se convainc que celle-ci a été la maîtresse de Léon Maréchal. Il bascule alors dans l'accusation et la colère : « Elle l'avait aimé. [...] S'était-elle donnée ?... Mais oui [...] ! » (p. 129).

Ce monologue intérieur, au style indirect libre, est particulièrement expressif. Les interrogations sont fréquentes : « Donc il déshonorait une femme ? Comment aurait-il fait cela si Jean n'était pas son fils ? » (p. 127). La ponctuation, et notamment les points d'interrogation, d'exclamation ou de suspension, donnent à la phrase un rythme haletant et inquiet : « Et puis après... après... oh ! mon Dieu... après ?... » (p. 126), « Elle aurait trompé son père, elle ?... Son père ! » (p. 128).

... interrompu ou relancé

Cependant, trois séquences viennent rompre ou relancer ce monologue intérieur fiévreux :

– pendant le déjeuner, Pierre, d'excellente humeur, amuse sa famille (p. 116), puis il va faire une promenade à bord de la *Perle* (p. 116-118) ;

– lors du dîner, il apprend que son frère a loué le bel appartement du boulevard François-Ier ; il interroge ensuite ses parents sur Léon Maréchal (p. 118-121) ;

– après le dîner, il sort se promener, puis se rend chez Marowsko avec lequel il passe un moment (p. 121-122).

La fusion du monologue intérieur et de la narration

La fin du chapitre (p. 122-131) associe parfaitement les hésitations du monologue intérieur et le rythme de la marche. Le narrateur présente ainsi les va-et-vient de Pierre :

> Et tout seul en errant par la nuit, il allait faire, dans ses souvenirs, dans sa raison, l'enquête minutieuse d'où résulterait l'éclatante vérité (p. 123).

L'expression « tout seul en errant par la nuit » peut être entendue au sens propre et au sens figuré : le héros va au hasard dans l'obscurité, comme il s'égare dans la nuit de ses doutes. Sa promenade et son « enquête » se confondent l'une avec l'autre, et le monde extérieur se mêle au paysage intérieur. À deux reprises (p. 127 et p. 129), Pierre va même avoir l'impression que le cri de la sirène répond à ses pensées.

CHAPITRE V (pages 132 à 149)

La certitude de Pierre

RÉSUMÉ

Après une ou deux heures de mauvais sommeil, Pierre se réveille et se lève. Il est en proie à une grande agitation intérieure. Il va observer Jean qui dort dans sa chambre, détaille ses traits et conclut : « Non, ce jeune homme-là ne ressemblait pas à Roland » (p. 136). Pierre attend le jour. Le matin, pour lever le doute, il décide de demander à sa mère de retrouver un portrait de Léon Maréchal qui était autrefois dans le salon de ses parents mais semble avoir disparu. Mme Roland promet : « [...] je chercherai » (p. 138).

Pierre prend le bateau et va passer la journée à Trouville. Mais tandis qu'il se promène sur la plage, il est pris d'une sorte d'hallucination : les toilettes élégantes des femmes lui apparaissent comme « une immense floraison de la perversité féminine » (p. 140). Il songe que les femmes se sont livrées de toute éternité à la séduction et à la tromperie, en un manège auquel les hommes se prêtent volontiers. Après le déjeuner, il s'assoupit et rentre accablé, anxieux de savoir si sa mère aura retrouvé le portrait de Léon Maréchal.

De retour pour le dîner, Pierre renouvelle sa demande à sa mère, tout occupée à installer Jean dans son nouvel appartement. Mme Roland ne s'exécute pas tout de suite. Quand M. Roland insiste à son tour, elle finit par aller chercher le petit cadre. Pierre, qui comprend que sa mère lui a menti, observe le visage de Maréchal. Il cherche vainement une ressemblance avec Jean. C'est surtout le trouble de Mme Roland qui confirme ses soupçons et redouble sa colère. À l'arrivée de Mme Rosémilly, il s'éclipse en dissimulant le portrait qui lui semble désormais trop compromettant.

REPÈRES POUR LA LECTURE

Ce cinquième chapitre, situé au cœur du roman, retient l'attention par deux aspects :

– il porte à son comble la jalousie de Pierre qui glisse vers la folie ;

– il marque la fin de l'enquête du personnage qui acquiert la certitude que Léon Maréchal est le vrai père de Jean.

Il clôt ainsi le mouvement qui avait commencé au chapitre II avec l'agacement de Pierre et la remarque de Marowsko (« Ça ne fera pas un bon effet », p. 93).

Le glissement vers la folie

L'angoisse, puis une sorte de vision hallucinatoire et enfin la violence s'emparent progressivement du personnage :

– L'angoisse : en proie à une longue insomnie, Pierre est d'abord oppressé : « Cette maison, la maison de son père, l'écrasait. Il sentait peser le toit sur sa tête et les murs l'étouffer » (p.134). Il décide que, le matin venu, il trouvera un prétexte pour fuir : « Il se sentait trop bouleversé pour passer ce jour-là dans sa famille » (p.136).

– Une vision hallucinatoire : la plage de Trouville apparaît à Pierre comme « une halle d'amour où les unes se vend[ent], les autres se donn[ent] (p. 141). Il songe : « Toutes ces femmes ne pensaient qu'à la même chose, offrir et faire désirer leur chair déjà donnée, déjà vendue, déjà promise à d'autres hommes » (p.141).

– La violence : sûr que sa mère a menti à propos du portrait de Léon Maréchal[1], il réagit « avec une violence exaspérée de fils trompé »

---

1. Le matin même, comme Pierre lui demandait où était ce portrait, Mme Roland répondit de manière évasive : « Ce portrait... attends... je ne sais pas trop... Peut-être que je l'ai dans mon secrétaire » (p. 138). Mais au dîner, elle affirme avec « tranquillité » (p. 145) : « Oui, oui, je sais où il est ; j'irais le chercher tout à l'heure » (p. 145). D'où la réaction de Pierre : « Donc elle avait menti ! » (p. 145).

(p. 145). Sa fureur est telle qu'il voudrait voir sa mère « jetée à terre, frappée, meurtrie, écrasée » (p. 145).

La fin de l'enquête de Pierre

Une longue scène muette, particulièrement intense, se trouve au cœur de ce cinquième chapitre : celle au cours de laquelle Pierre acquiert la certitude que Jean est le fils de Léon Maréchal. La mère et le fils communiquent ici par le seul jeu des regards, qui se décompose en trois temps :

– Premier temps : Pierre interprète un geste de sa mère comme un aveu de culpabilité : « ce qui fut pour Pierre plus décisif encore [...], c'est que sa mère s'était levée, avait tourné le dos et feignait d'enfermer, avec trop de lenteur, le sucre et le cassis dans un placard » (p. 146).

– Deuxième temps : il observe sa mère. Mme Roland jette sur le portrait « un regard rapide, vite détourné, qui sembl[e] craintif » (p. 147). Puis, une fois que la famille s'est installée au salon, son œil va de temps à autre, « prompt et furtif, vers le petit portrait du mort » (p. 147). Chaque fois, Pierre « rencontr[e] le regard de sa mère » (p. 148).

– Troisième temps : à l'arrivée de Mme Rosémilly, Pierre cache vivement le portrait. C'est alors que, « rencontrant de nouveau les yeux de sa mère », il les trouve « changés, troubles et hagards » (p. 148). Sans échanger un mot, la mère et le fils se sont tout dit : Mme Roland sait que Pierre a deviné la vérité.

CHAPITRE VI (pages 150 à 167)

Pierre tourmente sa mère

RÉSUMÉ

Une ou deux semaines s'étant écoulées, M. Roland reproche un jour à Pierre sa mauvaise humeur. Celui-ci répond de manière évasive en parlant d'une femme « qu'[il] aimai[t] trop » (p. 150) et qu'il a « perdue » (p. 151). Ses paroles déclenchent chez sa mère, souffrante

depuis quelque temps, une vraie crise de nerfs. Pierre lui prescrit un calmant. Mais les jours suivants, il provoque à nouveau chez Mme Roland des spasmes identiques, en la torturant par des allusions dont elle est seule à comprendre le sens.

À l'occasion de l'installation de Jean dans son nouvel appartement, la famille décide de faire une excursion sur la côte, à Saint-Jouin. On reviendra, après le dîner, prendre le thé chez Jean. Accompagnée de Mme Rosémilly et de Beausire, la petite troupe part vers dix heures, déjeune sur place et décide d'aller pêcher les salicoques (c'est-à-dire les crevettes grises). Profitant d'un tête-à-tête, Jean déclare son amour à Mme Rosémilly qui, sans se troubler, parle aussitôt de mariage. M. Roland admire les talents de pêcheur de Beausire. Resté à l'écart avec sa mère, Pierre la tourmente de ses réflexions blessantes. Elle cherche refuge auprès de Jean.

Le soir, tous se retrouvent autour d'un dîner très arrosé.

REPÈRES POUR LA LECTURE

Le sixième chapitre marque une rupture assez nette dans le récit : divers changements apparaissent dans la narration et le personnage de Jean sort de l'ombre.

Les changements narratifs

Le chapitre VI marque d'abord un changement de rythme dans la narration. En effet, les cinq chapitres précédents ne couvraient qu'une durée de quatre jours[1]. Or la première phrase du chapitre VI survole, en quelques mots à peine, une période de huit à quinze jours : « Rien ne survint chez les Roland pendant une semaine ou deux » (p. 151). Le chapitre VI apporte donc une accélération notable dans le rythme du récit.

Ce chapitre introduit également un changement de décor : nous apercevons pour la première fois les personnages dans la campagne normande (lors de la promenade à Saint-Jouin), puis au cours d'une partie de pêche dans les rochers. Deux séquences qui donnent lieu à une longue description naturaliste.

---

1. Voir à ce sujet le tableau de la page 48.

Enfin, des péripéties nouvelles apparaissent dans la narration : Mme Roland est malade ; Pierre s'acharne à la tourmenter ; Jean se décide à demander Mme Rosémilly en mariage.

La mise en avant du personnage de Jean

Mais surtout, pour la première fois, c'est à Jean et non plus à Pierre que s'intéresse le narrateur. Durant les quatre chapitres précédents, nous avions suivi Pierre pas à pas, dans ses promenades à travers la ville, dans ses visites à la brasserie ou chez Marowsko, et n'avions des événements que sa vision à lui. Par le biais du point de vue interne[1], nous avions même partagé ses pensées inquiètes. Mais, dans ce sixième chapitre, Pierre perd sa position centrale et le point de vue change : nous assistons à une longue scène (p. 159-163) qui se passe en dehors de lui, et concerne exclusivement Jean et Mme Rosémilly[2].

CHAPITRE VII (pages 168 à 185)

L'aveu de Mme Roland

RÉSUMÉ

À l'exception de Beausire, tout le monde va prendre le thé chez Jean, impatient de faire admirer son appartement. M. Roland et Mme Rosémilly ne ménagent pas leurs compliments. Seul Pierre met en cause le goût de Jean et de Mme Roland. Puis M. Roland raccompagne Mme Rosémilly. Sa femme reste pour ranger la maison.

Une violente scène éclate alors entre les deux frères : Jean reproche à Pierre sa jalousie, celui-ci accuse Jean d'avoir accepté un argent « qui déshonore sa mère » (p. 174). Puis Pierre s'en va, furieux d'avoir parlé ; Jean reste stupéfait. Il cherche sa mère qui a disparu pendant la dispute. Celle-ci est bouleversée, et presque évanouie. Revenant à elle, elle avoue à Jean qu'il est le fils de Léon Maréchal et veut aussitôt partir. Mais Jean parvient à la raisonner. Elle lui parle lon-

1. Pour la définition du point de vue interne, voir p. 58 et 60.
2. Ce n'est toutefois qu'au chapitre suivant (chapitre VII) que nous pénétrerons dans les pensées de Jean. L'attention accordée à Jean au détriment de Pierre sera plus nette encore.

guement de Léon Maréchal, lui confesse l'amour qu'elle éprouva pour cet homme et demande à Jean de respecter son souvenir. Jean conserve toute son affection à sa mère et la prend sous sa protection. Il la raccompagne vers trois heures du matin.

REPÈRES POUR LA LECTURE

Ce chapitre commence par une séquence ironique : la description, menée à la manière naturaliste, de l'appartement de Jean. Viennent ensuite deux scènes, l'une dramatique et l'autre émouvante : l'affrontement entre les deux frères, puis le face-à-face de Jean et de sa mère, qui aboutit à la longue confession de celle-ci.

La description de l'appartement de Jean

Jean fait visiter à sa famille, ainsi qu'à Mme Rosémilly, l'appartement dans lequel il vient d'emménager. Cet appartement, dont Pierre avait rêvé (chap. III) mais qui a finalement été loué pour Jean (chap. IV), a été décoré par Mme Roland (chap. V et VI). Cette visite constitue un événement pour les personnages.

Le narrateur décrit avec ironie la salle à manger ronde, « décorée en lanterne japonaise » (p. 170). L'auteur n'apprécie guère les décorations d'intérieur dans le goût oriental. Il l'a déjà fait savoir dans *Bel-Ami* : le héros de ce roman, Georges Duroy, moins fortuné que Jean, avait lui aussi cédé à la mode des « japonaiseries ». Mais c'était surtout pour dissimuler la médiocrité de son logement :

> Il eut l'idée d'épingler sur les murs de menus bibelots japonais, et il acheta pour cinq francs toute une collection de crépons, de petits éventails et de petits écrans, dont il cacha les taches trop visibles du papier. [...] Son logis, grand tout juste pour y dormir et s'y asseoir, eut bientôt l'air d'une lanterne de papier peint[1].

Ce passage de *Bel-Ami* annonce la description de *Pierre et Jean*.

Une scène dramatique : l'explication entre les deux frères

Ce chapitre met les deux frères face à face. Depuis le début du roman, Pierre et Jean ne se sont jamais affrontés directement. L'explication du chapitre VII a d'autant plus d'intensité qu'elle intervient tard dans l'œuvre, alors même que l'animosité de Pierre s'est

1. *Bel-Ami*, Gallimard, 1973, coll. « Folio », p. 120-121.

déclarée très tôt. Quand Jean prend la parole, il se réfère d'ailleurs à certains épisodes relatés au chapitre I :

> Voilà longtemps que je te sais jaloux de moi, depuis le jour où tu as commencé à dire « la veuve » [...] Et le jour où tu as essayé de ramer plus fort que moi, dans la *Perle* ? [...] Et quand cette fortune m'est arrivée, tu es devenu enragé (p. 173).

Ces allusions au premier chapitre mettent en valeur la construction du roman.

Aussitôt après l'affrontement entre les deux frères, le narrateur nous fait entrer dans l'esprit de Jean : « Il essaya de douter d'abord. Son frère avait-il menti par haine et par jalousie ? » (p. 176). Ce changement de point de vue est significatif du renversement de position qui s'opère entre les deux frères : Jean prend désormais le pas sur Pierre.

Une scène émouvante : le face-à-face entre Jean et sa mère

Dans la dernière partie de ce septième chapitre, Jean se retrouve seul face à sa mère. Pour la première fois, ces deux personnages nous apparaissent en dehors du regard de Pierre.

Jean est tout à tour faible et fort. Le narrateur rappelle la mollesse du personnage (« Jamais il n'avait rencontré une difficulté dans sa vie. Il est des hommes qui se laissent aller comme l'eau qui coule » p. 176). Mais Jean se montre aussi capable de retenir sa mère et de lui rappeler fermement son affection.

Au cours de cette scène émouvante, Mme Roland prend longuement la parole pour la première et la dernière fois dans le récit. Elle exprime d'abord sa honte et sa confusion (« Je n'oserais plus te regarder ni t'embrasser », p. 180). Mais dès qu'elle évoque la mémoire de Léon Maréchal, son long monologue est une déclaration d'amour plutôt qu'un aveu de culpabilité :

> [...] dis-toi bien que si j'ai été la maîtresse de ton père, j'ai été encore plus sa femme, sa vraie femme, que je n'en ai pas honte au fond du cœur, que je ne regrette rien, que je l'aime encore tout mort qu'il est, que je l'aimerai toujours (p. 182).

Ces mots révèlent l'humanité et la sincérité de l'héroïne. Le banal adultère imaginé par Pierre était en réalité une véritable histoire d'amour.

L'éviction de Pierre

RÉSUMÉ

Rentré chez lui, Jean se demande s'il doit conserver l'héritage que lui a légué Léon Maréchal. Étouffant très vite ses scrupules, il conclut qu'il est « juste » (p. 189) qu'il garde l'argent de son véritable père. Tandis qu'il cherche le moyen d'écarter Pierre de la demeure familiale, il entend le sifflet d'un vapeur entrant au port. Il lui vient une idée.

Le lendemain, Jean rend quelques visites, puis se présente chez ses parents. Au cours du petit déjeuner, il évoque la vie « très acceptable» (p. 192) qu'on mène sur les grands transatlantiques. Il révèle aussi que l'un d'eux, la *Lorraine*, part justement le mois suivant... Bien sûr, Pierre comprend l'allusion et se dit intéressé par une place de médecin à bord. Jean se propose immédiatement pour l'aider à faire aboutir sa candidature.

Jean sort avec sa mère. Comme il lui donne le bras, elle se livre un peu à lui. Puis Jean fait dans les formes sa demande en mariage à Mme Rosémilly. Celle-ci accepte et embrasse Mme Roland qu'elle appelle «maman » (p. 199). Jean emmène ensuite sa mère chez lui. Elle met de l'ordre dans son appartement et lui confie le portrait de Maréchal.

REPÈRES POUR LA LECTURE

Une tonalité ironique

Après la scène émouvante qui clôt le chapitre précédent, la tonalité du récit redevient ironique. Le narrateur n'est pas tendre avec les personnages et nous les présente avec une lucidité cruelle. Ce chapitre VIII contient plusieurs passages amusants ou grinçants :

– Seul face à lui-même, Jean se demande s'il doit conserver son héritage. Le narrateur montre, non sans moquerie, que ce débat intérieur est faussé. Jean cherche en fait des arguments qui lui donneraient le droit de garder sa fortune : « [...] dans son âme où l'égoïsme prenait des masques honnêtes, tous les intérêts déguisés luttaient et se combattaient » (p. 188).

– À table, Jean vante la vie à bord des transatlantiques. Le narrateur souligne avec amusement la maladresse du héros qui trahit involontairement ses intentions : « [...] c'est *très* facile ! [...] En somme, c'est une vie *très* acceptable [...]. On peut même faire là des connaissances *très* agréables et *très* utiles pour plus tard, oui, *très* utiles. [...] le médecin a cinq mille de traitement fixe [...] c'est *très* beau » (p. 192-193). Particulièrement insistante et lourde, la répétition de « très » révèle les arrière-pensées du personnage. Car le but de Jean n'est pas de procurer une belle situation à son frère, mais de le chasser de la maison familiale.

– La demeure de Mme Rosémilly est décrite de manière ironique. Les détails que nous livre le narrateur dépeignent un univers conventionnel et mesquin : des housses recouvrent les meubles ; des scènes maritimes légèrement ridicules décorent les murs ; sous le globe de verre de la pendule, une mappemonde semble mûrir « comme un melon d'appartement » (p. 198).

– Le thème de l'adultère est présenté de manière facétieuse. Mme Rosémilly demande innocemment si M. Roland est prêt à l'accepter pour belle-fille. Mme Roland et Jean se troublent en même temps : « La même rougeur couvrit soudain les joues de la mère et du fils » (p. 200). La phrase est légèrement comique. « Nous faisons tout sans rien lui dire », ajoute aussitôt Mme Roland en guise d'explication. Voilà M. Roland définitivement mis de côté.

CHAPITRE IX (pages 202 à 217)

Le départ de Pierre

RÉSUMÉ

Grâce à de nombreuses lettres de recommandation, Pierre est embauché sur la *Lorraine*. Il s'informe de sa nouvelle vie, notamment auprès du docteur Pirette, médecin sur un autre navire, la *Picardie*. Pierre se sent seul et inquiet, profondément triste à l'idée de l'existence qui l'attend.

Il rend une dernière visite à Marowsko auquel il annonce son départ.

Celui-ci s'était attaché à Pierre et comptait que l'installation prochaine du jeune médecin l'aiderait financièrement. Il ne cache pas son désarroi. Pierre le quitte avec froideur. Dépité, il va ensuite à la brasserie. Mais la serveuse ne le reconnaît pas tout de suite et réagit à peine à l'annonce de son départ. Avec amertume, il gagne la jetée. Quand il rentre chez lui, il repousse l'offre de sa mère qui lui propose timidement de l'aider à s'installer sur le bateau.

Dans les jours qui suivent, Pierre se détourne de sa famille. Cependant, la veille de son départ, avant d'aller dormir sur la *Lorraine*, il s'adoucit enfin. Le lendemain matin, il parcourt le navire, passant des salons de première classe à l'entrepont où s'entassent les émigrants. Ce sont des hommes et des femmes misérables qui voudraient tenter leur chance aux États-Unis. À leur vue, il est pris d'un profond sentiment de pitié.

M. et Mme Roland, escortés de Jean et de Mme Rosémilly, viennent dire au revoir à Pierre dans sa cabine. Ils le quittent précipitamment car M. Roland tient à assister depuis la mer au départ de la *Lorraine*. Quand le navire passe auprès de la *Perle*, Mme Roland voit Pierre jeter « à deux mains des baisers d'adieux » (p. 216). Elle dit à Jean : « Comme il est bon ! » (p. 216).

Revenue à terre, Mme Roland apprend à son époux que Jean va épouser Mme Rosémilly. Quoiqu'un peu surpris, M. Roland approuve néanmoins le choix de Jean. Une dernière fois, Mme Roland se retourne vers la mer. La *Lorraine* a disparu.

REPÈRES POUR LA LECTURE

Ce chapitre clôt le récit. Pierre, qui s'embarque sur la *Lorraine*, dit adieu aux siens. Certaines images funèbres suggèrent même qu'il quitte pour toujours le monde des vivants.

La cérémonie des adieux

Pierre, qui a déjà « brisé les dernières attaches avec les siens » (p. 202), va dire au revoir à Marowsko, puis à la serveuse de la brasserie. Le premier réagit vivement : « Marowsko ôta ses lunettes, tant son émotion fut vive » (p. 206), reprochant à Pierre de l'abandonner. À l'inverse, la serveuse ne témoigne que de l'indifférence à l'annonce de ce départ. Paradoxalement, le héros est également blessé par ces deux réactions contraires.

Viennent ensuite les adieux de Pierre à sa famille. Ils ne sont guère plus chaleureux, si l'on met à part l'enthousiasme de M. Roland. Celui-ci a tenu à ce que la *Perle* se trouve sur la route de la *Lorraine* pour pouvoir, depuis la mer, faire signe à son fils. Tout à la joie du spectacle nautique, il manifeste une gaieté qui paraît malvenue au lecteur :

> Entendez-vous la foule qui crie... bravo !... C'est la *Neptune* qui la tire... je vois son avant maintenant... la voilà, la voilà... Nom de Dieu, quel bateau ! Nom de Dieu ! regardez donc ! ... (p. 215)

La dernière scène du livre se déroule en mer, au large du Havre, donc exactement dans le même décor que la première scène du chapitre I. Le récit est parfaitement bouclé sur lui-même.

Des images funèbres

Ce dernier chapitre comporte plusieurs références à la mort :

– quand il reçoit la lettre qui lui annonce sa nomination, Pierre ressent l'émotion « du condamné à mort à qui on annonce sa peine commuée » (p. 202). L'expression est pour le moins macabre ;

– à bord de la *Lorraine*, Pierre se voit attribuer un lit « étroit et long comme un cercueil » (p. 210) :

– lorsque sa mère vient lui dire adieu, il remarque qu'elle est vêtue de noir « comme si elle eût porté un deuil » (p. 212). « Il lui semblait [...] qu'elle ne reverrait jamais plus son enfant » (p. 216), explique le narrateur.

Le départ du héros, aux dernières lignes du récit, s'apparente ainsi à un décès[1]. Pierre est mort, peut-on dire, aux yeux des siens.

---

1. Cette référence symbolique à la mort, si présente dans le dernier chapitre, a été soigneusement préparée. À la fin du chapitre VI (au moment où, dans la narration, Jean commence à l'emporter sur Pierre), on lisait déjà : « [Mme Roland] aperçut là-bas sur la plage un corps étendu sur le ventre, comme un cadavre, la figure dans le galet : c'était l'autre, Pierre, qui songeait, désespéré » (p. 166).

DEUXIÈME PARTIE

Problématiques essentielles

1 La vie et l'œuvre de Maupassant

L'ENFANCE ET LA JEUNESSE (1850-1872)

Fils de Laure Le Poittevin et de Gustave de Maupassant, Guy voit le jour le 5 août 1850, sans doute à Fécamp. Son frère Hervé vient au monde en 1856. Les parents de Guy ne s'entendent pas. Sa mère est ambitieuse et cultivée, son père est un homme léger et irresponsable. Très jeunes, Guy et Hervé assistent à des scènes violentes. Le couple se sépare en 1863. Laure élève seule ses fils à Étretat. Guy grandit en Normandie, où se déroule l'action de *Pierre et Jean*.

En 1864, à Étretat, Guy, qui est bon nageur, contribue à sauver de la noyade le poète anglais Swinburne. Celui-ci invite le jeune homme chez son ami Powell. Les deux hommes fascinent Guy, à qui ils offrent un cadeau macabre : une « main d'écorché », authentique main humaine qui accompagnera l'écrivain toute sa vie.

Parce qu'il avait écrit des vers jugés scandaleux, Guy est chassé de l'institution religieuse d'Yvetot où il avait commencé sa scolarité en 1863. Il l'achève comme interne au lycée de Rouen. Il correspond avec le poète Louis Bouilhet qui lui fait faire la connaissance de Flaubert. Les deux hommes vont avoir une influence considérable sur le jeune écrivain. Ils sont tous deux cités dans la préface de *Pierre et Jean*. Guy est reçu au baccalauréat en juillet 1869.

En 1870, la guerre éclate entre la Prusse et la France. Guy est mobilisé. Il assiste à la débâcle française.

LES ANNÉES D'APPRENTISSAGE (1872-1880)

En 1872, Maupassant entre au ministère de la Marine, à Paris. Il s'agit pour lui d'un travail purement alimentaire. Il montre plus de goût pour les joyeuses parties de canotage qu'il fait le dimanche sur la Seine, aux alentours de Bougival. Il collectionne les conquêtes féminines. Mais avant tout, il voudrait devenir écrivain. Il montre ses premières pages à Flaubert qui le reçoit à Croisset (près de Rouen). L'auteur de *Madame Bovary* corrige les manuscrits de Maupassant et l'encourage à travailler. Il le présente à des auteurs célèbres : Zola, les frères Goncourt, Huysmans et Daudet. La première œuvre de Guy, une nouvelle fantastique intitulée *La Main d'écorché*, paraît en 1875.

Puis Maupassant quitte le ministère de la Marine pour celui de l'Instruction publique en décembre 1878. C'est à cette époque qu'il ressent les premiers troubles de la syphilis, maladie alors incurable et dont il souffrira toute sa vie. Il se rapproche de Zola qu'il va voir dans sa villa de Médan (près de Paris). L'année 1880 commence bien pour Maupassant : il publie *Boule de suif*, une nouvelle qui rencontre un vif succès, il entre au journal *Le Gaulois* et peut enfin quitter son emploi au ministère. Mais Flaubert meurt le 8 mai. C'est une perte terrible pour le jeune écrivain.

LE TEMPS DU SUCCÈS (1880-1890)

Entre trente et quarante ans, Maupassant compose une œuvre considérable et constamment couronnée de succès. Il écrit près de trois cents nouvelles, six romans, des récits de voyages et quelques vers. Il collabore à des journaux tels que *Le Gaulois*, *Gil Blas* et *Le Figaro*. À Paris, les salons à la mode lui ouvrent leurs portes. Il s'y montre séduisant. Mais Maupassant ne fréquente pas seulement les femmes du monde. Multipliant les aventures, il a trois enfants naturels.

Durant ces dix années, Maupassant tente d'oublier la maladie. Rythmée par ses principales publications, sa vie se partage entre travail et voyages. Il aime se retirer ou recevoir dans sa maison d'Étretat. Il séjourne aussi sur la Côte d'Azur ou parcourt la Méditerranée à bord de son yacht, le *Bel-Ami*. Paraissent, en 1883 : *Une vie* (roman) et *les Contes de la bécasse* ; en 1885 : *Bel-Ami* (roman) et les *Contes du jour et de la nuit* ; en 1887 : *Le Horla* (recueil de contes) ; en 1888 : *Pierre et Jean* (roman) ; en 1889 : *Fort comme la mort* (roman).

En août 1889, Maupassant doit faire interner son frère Hervé qui devient fou. Au moment où les infirmiers l'emmènent, Hervé se retourne vers son frère et crie : « Guy ! Misérable ! Tu me fais enfermer ! C'est toi qui es fou tu m'entends ! C'est toi le fou de la famille ! » Il meurt le 13 novembre.

LA FOLIE (1890-1893)

Durant l'année 1891, Maupassant souffre des yeux. Il se plaint de migraines atroces. Il sent qu'il devient fou. Le 1er janvier 1892, il tente de se suicider. Il est interné dans la maison de santé du docteur Blanche, qui soigne les troubles mentaux. C'est là que l'écrivain meurt le 6 juillet 1893, à l'âge de quarante-deux ans.

2 Les frères ennemis : Pierre et Jean

La connivence et l'affrontement des deux frères sont inscrits dans le titre de l'œuvre : *Pierre et Jean*. C'est sans doute l'évolution de leurs rapports qui constitue le thème majeur du roman.

LES CONNIVENCES

Dès leur première apparition, nous sommes frappés par la ressemblance des deux frères. À bord de la *Perle*, ils occupent une position semblable. Et ils réagissent de la même manière et au même moment aux propos de leur père. Quand M. Roland s'emporte, « ses deux fils, Pierre et Jean, qui tenaient, l'un à bâbord, l'autre à tribord, chacun une ligne enroulée à l'index, se m[ett]ent à rire en même temps » (p. 61).

La ressemblance des deux frères est rappelée en fin de chapitre, après que la famille a appris la nouvelle de l'héritage. Cette fois encore, Pierre et Jean ont adopté la même position. Ils sont « en deux fauteuils pareils, les jambes croisées de la même façon, à droite ou à gauche du guéridon central » (p. 81). Les différences qui apparaissent entre eux ne sont mentionnées que dans un second temps. L'auteur écrit en effet qu'ils « regardaient fixement devant eux, en des attitudes semblables, pleines d'expressions différentes » (p. 81). En somme, avant de percevoir l'opposition des deux frères, il faut bien reconnaître leur similitude.

Cette ressemblance n'est pas seulement extérieure. Elle s'exprime aussi dans les goûts des personnages. Au fil du roman, on voit Pierre et Jean s'intéresser à la même femme (Mme Rosémilly) et convoiter le même appartement (celui du boulevard François-Ier). Et même quand le narrateur souligne l'écart entre les deux frères, il montre que chacun ne se définit que par rapport à l'autre. Jean est « aussi blond que son frère était noir, aussi calme que son frère était emporté, aussi doux que son frère était rancunier » (p. 63). Le narrateur pourrait décrire les caractéristiques des deux frères sans établir de parallèle entre l'un et l'autre. Mais justement : le portrait, même contrasté, trahit encore l'affinité des deux héros. Il serait insuffisant de noter que Jean est blond et que Pierre est brun. Jean est « aussi blond que son frère était noir ». Les deux frères ne sont définis que l'un par rapport à l'autre.

LES DIFFÉRENCES

Une fois les personnages placés sur le même plan, le contraste entre eux est évident.

Les différences physiques sont les plus apparentes. La couleur des cheveux oppose les deux frères. Pierre et Jean diffèrent encore par le soin qu'ils apportent à leur personne. Pierre a des « favoris noirs coupés comme ceux des magistrats » (p. 62), mais n'a ni barbe ni moustaches. Jean, lui, est « très barbu » (p. 62). Les frères s'opposent également par leur constitution. Pierre a des bras « velus, un peu maigres, mais nerveux ». Ceux de Jean sont « gras et blancs, un peu roses, avec une bosse de muscles [...] sous la peau » (p. 70).

Ces différences physiques sont en même temps psychologiques. Car ce sont en fait deux tempéraments qui se distinguent ici. Pierre a une nervosité physique qui va de pair avec son caractère irritable, sa parole tranchante et sarcastique. Jean a une douceur lymphatique qui l'incline à la bienveillance et à la conciliation. À plusieurs reprises, il est question de la « mollesse » de Jean (p. 64, 186). Le terme a valeur de portrait : la mollesse est tout à la fois physique, psychologique et morale.

Enfin, les deux frères s'opposent par leur attitude face à la société. Pierre a des « idées politiques, artistiques, philosophiques, morales » (p. 65). Il aime s'opposer aux autres dans la discussion.

Jean est conformiste. Leurs études ont été différentes. Pierre s'est senti successivement « de la vocation pour des professions variées » et s'est « vite dégoûté de chacune » (p. 63). Jean, en revanche, a fait « tranquillement » (p. 63) son droit. L'un et l'autre se préparent à exercer des métiers différents. Pierre a choisi d'être médecin et Jean avocat.

La dernière différence entre les deux frères tient évidemment à l'héritage de Maréchal. À la fin du premier chapitre, Jean devient riche... Pierre découvre soudain qu'il ne peut compter que sur lui-même.

UNE ÉTRANGE INVERSION DES RÔLES

Pourtant, alors que les deux frères semblent voués à s'opposer dans tous les domaines, ils en viennent au fil des pages à échanger curieusement leurs rôles.

Au premier chapitre, Pierre est présenté comme celui des deux qui est le plus attaché à Mme Roland. Pierre, nous dit-on, « aimait beaucoup sa mère » (p. 75). Il manifeste la volonté de la préserver de tout souci. Parce qu'il craint pour elle « une désillusion, un petit chagrin, une petite tristesse » (p. 75), il l'arrête dans sa rêverie. Mais à la fin du roman, c'est Jean qui se montre attaché à sa mère et qui la prend sous sa protection. Il est dit au chapitre VIII que « Jean répétait avec tendresse "mère" et "chère maman", prenait soin d'elle, la servait et lui versait à boire » (p. 191). C'est Jean qui, lorsque Pierre s'éloigne de sa mère, se montre affectueux et prévenant envers elle. Il a pris la place de Pierre auprès de Mme Roland.

De même, en ce qui concerne leur profession, on a l'impression que Pierre et Jean échangent leurs rôles. Pierre a fait sa médecine et Jean son droit. Pourtant, c'est Pierre qui joue constamment le rôle du juriste. Il porte des favoris « coupés comme ceux des magistrats » (p. 62). Il regarde Mme Rosémilly « d'un regard froid de magistrat qui instruit le procès des femmes » (p. 65). Il enquête en juge sur la culpabilité de sa mère. D'ailleurs, quand elle est souffrante, il la regarde non en médecin, mais en « juge satisfait de sa besogne » (p. 153). De son côté, Jean ne se comporte jamais en homme de loi. Tout au contraire : « Il n'était pas un juge, lui, même un juge miséricordieux » (p. 177). Jean agit plutôt en médecin. Quand il observe sa mère, il se montre attentif : « Elle avait une voix si douloureuse que la contagion de sa torture emplit de larmes les yeux de Jean » (p. 182). Les mots « douloureux », « contagion » appartiennent au vocabulaire médical. Pierre réagit en juge et Jean en médecin. Les deux frères ont symboliquement échangé leur profession.

Le thème de la bâtardise donne encore lieu à une inversion des rôles. Pierre est le « vrai fils » (p. 134) et Jean le fils illégitime. C'est pourtant Pierre qui se trouve exclu du foyer familial. Il part sur la mer tandis que Jean reste à terre auprès des Roland et fonde un foyer. Le fils de Roland est chassé comme un bâtard, tandis que l'enfant de l'adultère est quasiment devenu le chef de famille. La dernière page, à cet égard, est révélatrice. M. et Mme Roland regagnent leur maison en passant par le boulevard François-Ier (celui où s'est installé Jean). Au loin, le bateau où s'est embarqué Pierre n'est « plus rien qu'une petite fumée grise » (p. 217). Au terme du roman, le bâtard est escorté par les parents et le fils légitime est réduit en fumée. Ici encore, Pierre et Jean ont pris le rôle l'un de l'autre.

LA JALOUSIE

Un mélange de connivence et de rivalité pousse inconsciemment les deux frères à s'identifier l'un à l'autre. L'auteur s'est intéressé au développement de cette relation plus qu'à son origine.

Une jalousie banale

En effet, les causes de cette jalousie, présentées d'un mot dans le premier chapitre, sont tout à fait ordinaires. L'animosité de Pierre remonte à la naissance de son frère. L'aîné avait alors regardé « avec une hostilité de petite bête gâtée cette autre petite bête apparue tout à coup » (p. 64). Maupassant perçoit que la sensibilité du petit enfant est vive et que les premiers sentiments, souvent exclusifs, sont lourds de conséquences. Mais le romancier n'adopte pas le ton de l'analyse psychologique. Le dépit de Pierre nous est présenté comme une réaction animale et primitive. On ne sent chez l'auteur aucune sympathie envers son personnage, cette « petite bête gâtée ».

Ainsi, Pierre reproche à Jean d'avoir détourné à son profit l'attention de ses parents. Il lui en veut aussi d'être riche alors qu'il ne possède, lui, aucune fortune personnelle. Il se moque encore de Jean que Mme Rosémilly semble apprécier... Il n'y a là rien que de très médiocre. Le thème des frères ennemis tombe ici dans une sorte de banalité petite-bourgeoise. Pierre a les sentiments bas d'un frère jaloux. Jean chasse Pierre du foyer familial en faisant jouer ses relations. Tout cela est évidemment très petit.

Le thème des frères ennemis

Le thème des frères ennemis a pourtant, dans d'autres contextes, une certaine grandeur. Dans la Genèse, le premier livre de l'Ancien Testament, Caïn tue son frère Abel et s'expose ainsi à la colère de Dieu. Dans la mythologie grecque, les fils d'Œdipe (Étéocle et Polynice) se disputent le trône de Thèbes, et s'entre-tuent devant les murailles de la ville. Une légende conte encore que Romulus, le fondateur de Rome, tua son frère Rémus. Celui-ci n'avait pas respecté le sillon délimitant l'enceinte de la ville à venir. Dans ces récits, la haine fraternelle se lave dans le sang et invite à une réflexion religieuse ou politique.

Qu'arrive-t-il dans *Pierre et Jean* ? Pierre jalouse Jean et Jean chasse Pierre. Maupassant peint un conflit familial sans envergure. S'agit-il seulement, pour reprendre le mot de Balzac dans *Eugénie Grandet*, d'une « tragédie bourgeoise sans poison, ni poignard, ni sang répandu » ? Même pas. Il semble que l'auteur ait voulu étudier un cercle clos où fermentent des sentiments étriqués. Si l'histoire de la famille Roland paraît tragique, c'est précisément par sa médiocrité. Le thème traditionnel des frères ennemis en est l'exemple le plus net.

3 Les parents

Mme Roland, son époux et Léon Maréchal ont plus d'épaisseur que n'en ont, dans bien des œuvres, la femme, le mari et l'amant, réunis en un triangle bien connu. Pour les individualiser plus fortement, Maupassant associe chacun d'eux à un genre littéraire particulier : Mme Roland est une femme romanesque, nourrie de récits à l'eau de rose ; M. Roland est une figure de comédie ; Léon Maréchal est un personnage énigmatique, qui semble sorti d'un conte.

MADAME ROLAND

Une figure touchante

Maupassant a traité ce personnage avec un soin spécial : nous savons en effet beaucoup plus de choses sur Louise Roland que sur les autres protagonistes. Son physique d'abord est présenté avec une certaine précision. Sa physionomie est agréable : c'est une « femme de quarante-huit ans et qui ne les port[e] pas » (p. 68). Elle a les cheveux châtains et un embonpoint récent. Quelques indications sociologiques complètent ce portrait : après une vie entière dans sa bijouterie de la rue Montmartre, elle possède « une âme tendre de caissière » (p. 64), « bien tenue comme un livre de comptes » (p. 68). La condition sociale influe lourdement sur la psychologie.

Ce personnage se distingue encore des autres par la manière dont il évolue dans le temps. Nous savons ce que fut Mme Roland dans sa jeunesse. Nous la voyons dans sa maturité. Les dernières pages du roman nous la montrent enfin glissant vers la vieillesse. Au chapitre IX, Pierre remarque en effet que sa mère a désormais les cheveux blancs, et le narrateur mentionne ses « joues de cire blanches »

(p. 214). Un tel changement (le roman ne couvre qu'une période de deux mois !) est révélateur. Maupassant a voulu représenter la trajectoire de cette femme plutôt que d'en faire simplement le portrait. Tandis que les autres acteurs du récit sont fixés une fois pour toutes, Louise évolue. Elle en est d'autant plus attachante.

Fait assez rare, le romancier lui consacre un commentaire qui peut nous la rendre sympathique. Il dit de Mme Roland qu'elle a « air heureux et bon qui plaisait à voir » (p. 68). Cette remarque échappe au ton neutre ou mordant qu'emprunte généralement Maupassant quand il trace un portrait. Il est l'indice d'une certaine tendresse de l'auteur à l'égard de son personnage.

Une femme sensible et romanesque

Mme Roland a pour trait dominant d'être sensible. Lors de la promenade en mer du premier chapitre, elle regarde les falaises et la mer d'un air « attendri » (p. 62). C'est la seule figure du roman qui ait connu l'amour. Il serait d'ailleurs plus juste, dans son cas, de parler de passion, si l'on se fonde sur les aveux faits à Jean au chapitre VII : « Je m'étais donnée à lui tout entière, corps et âme, pour toujours, avec bonheur » (p. 183). La relative impudeur de la phrase (Louise parle tout de même à son fils) donne une idée de la sincérité de l'héroïne.

Pourtant, le sentiment porte chez elle l'empreinte d'une sentimentalité facile. Car l'amour de Mme Roland est en partie redevable à ses lectures. Nourrie de romans sentimentaux, Louise rappelle l'Emma Bovary de Flaubert[1] dont les élans sont guidés par les clichés de la littérature amoureuse. Mme Roland, « femme jeune, jolie [...] lisant des livres, applaudissant des actrices mourant de passion sur la scène » (p. 128), aime d'abord parce qu'elle s'identifie à des héroïnes de feuilleton. Quand Pierre imagine la vie de sa mère, on est frappé du caractère artificiel et banal des songes qu'il lui prête : « Elle avait rêvé de clairs de lune, de voyages, de baisers donnés dans l'ombre des soirs » (p. 129). Mais peut-être le narrateur renvoie-t-il dos à dos, dans ce type de formules, la mièvrerie de la mère et la sécheresse du fils.

1. *Madame Bovary* est paru en 1857.

Une réflexion sur le sort des femmes

L'histoire de Louise Roland n'a apparemment rien d'exceptionnel. Lorsqu'il évoque ce personnage, le narrateur sort en effet du récit particulier pour réfléchir sur la condition des femmes. Quand il retrace les étapes de la vie de Mme Roland, le singulier s'efface aussitôt devant le pluriel : « *Elle* avait épousé comme les *fillettes* épousent le garçon doté que présentent les parents » (p. 128) ; « *Elle* avait été jeune, avec toutes les défaillances poétiques qui troublent le cœur *des jeunes êtres* » (p. 129).

Le fait que Mme Roland évite de dire *je* est encore plus révélateur Elle préfère les tournures générales : « C'est si affreux pour une jeune fille d'épouser un mari comme le mien » (p. 196) Et quand elle se plaint, ses phrases sont impersonnelles « Comme c'est misérable et trompeur, la vie ! [...] Il n'y a rien qui dure [...] » (p 183) « C'est vilain, la vie ! Si on y trouve une fois un peu de douceur, on est coupable de s'y abandonner et on le paye bien cher plus tard » (p. 196). Mme Roland pleure sur l'existence des femmes plutôt que sur la sienne.

Pierre et Jean est un récit et non un manifeste. Il y a pourtant ici une méditation sur le sort des filles mariées contre leur gré. L'adultère est considéré non par le regard d'un moraliste (celui que voudrait justement adopter Pierre), mais par celui d'un homme attentif à la condition des êtres. Il ne faut sans doute pas parler trop vite d'un féminisme de Maupassant. Toutefois, le récit de cette vie ratée a l'apparence d'un plaidoyer pour les femmes.

Dans ce roman de la trahison familiale, la femme adultère est finalement peinte comme une victime.

MONSIEUR ROLAND

Un type comique

Gérôme Roland, lui, est une véritable caricature. Son physique semble destiné à illustrer un traité fantaisiste. Balzac a lui aussi brodé, dans un style pseudo-médical, sur les conséquences physiologiques de la déformation professionnelle ou de l'alimentation. Il enchaîne alors les remarques loufoques auxquelles il cherche à donner une apparence de rigueur scientifique. Le portrait de M. Roland s'inscrit dans cette lignée. L'ancien bijoutier de Maupassant

> « a un gros ventre de boutiquier, rien qu'un ventre où semblait réfugié le reste de son corps, un de ces ventres mous d'hommes toujours assis qui n'ont plus ni cuisses, ni poitrine, ni bras, ni cou, le fond de leur chaise ayant tassé toute leur matière au même endroit » (p. 106).

La formule associe de manière énergique la satire sociale et l'exagération gratuite : l'homme est une caricature vivante.

Comique de répétition

Maupassant a attribué à ce pantin quelques traits qui ressortissent au comique de répétition. M. Roland émaille le roman de ses jurons. Le « Zut » de la première page amorce une longue série de « nom d'un chien ! » (p. 74), « sacristi ! » (p. 98), « cristi ! (p. 146), « nom de Dieu ! » (p. 189). Il est bien un de ces « despotes en boutique pour qui commander équivaut à jurer » (p. 69). À moins que ces interjections ne visent à le faire passer pour un vieux loup de mer... Mais sa « manie de pose marine » (p. 65) ne va pas bien loin. Elle se résume à une admiration inconditionnelle pour Beausire et à une posture hardie quand il se trouve dans son salon : « Le père se tenait toujours à cheval sur une chaise et crachait de loin dans la cheminée» (p. 147).

Comique de caractère

Tout chez M. Roland est de nature à faire rire. Son comportement et son caractère aussi. Il est mufle en voulant être galant (p. 61) ; il se donne des airs terribles bien qu'il ait peur de tout le monde (p. 69); il fait semblant d'être avisé quand tout lui échappe. C'est ainsi qu'il s'exclame : « Est-ce intéressant cela ! » (p. 213), quand, au moment du départ, Pierre se lance dans un long exposé médical pour dissimuler sa gêne. M. Roland est décidément incapable de comprendre les siens.

Comique de situation

Comique de répétition et comique de caractère ne suffisent pas à M. Roland. Il y ajoute le comique de situation.

Il ne cesse en effet de dévoiler involontairement son infortune. Bien avant que Pierre se doute de quelque chose, son père en dit assez pour que le lecteur le moins averti comprenne la vérité. Au premier chapitre, il se souvient avec précision du geste lourdement révélateur de Maréchal se trompant de chapeau lors de la naissance de Jean. L'amant montrait ainsi qu'il avait pris la place du mari... sous le regard amusé du mari lui-même (« nous en avons beaucoup ri plus tard » p. 82). La Fontaine a intitulé un de ses contes « Le Cocu battu et content » : l'étiquette conviendrait bien à M. Roland. Poussé par la même naïveté, il restitue sans ciller le raisonnement de son ami : «j'ai contribué à la naissance de ce petit-là, je vais lui laisser ma fortune» (p. 82). On ne saurait mieux dire.

Dans ce roman sombre, M. Roland apporte une touche plaisante chaque fois qu'il intervient. Il fait sourire sans arrière-pensée, car ce n'est pas un homme dont la confiance ou l'amitié ont été abusées : il n'y a guère de sentiment noble en lui. Quand il est pour la première fois question de Maréchal, il annonce fièrement au notaire qu'il s'agit du « meilleur » de ses amis. Mais cela ne l'empêche pas de conclure l'annonce du décès par ces mots : « Quelle chance ! quelle chance ! En voilà une, de chance ! » (p. 82). La cupidité l'emporte un peu vite sur le souvenir d'un proche.

La clairvoyance d'un aveugle

Cependant, Maupassant est trop fin pour faire d'une figure importante du roman un type uniquement comique. Il a pris soin de donner une certaine complexité à cet homme que son propre fils considère pourtant comme un « simple d'esprit » (p. 208). M. Roland est, en effet, le seul à sentir ce que d'autres ne perçoivent pas. L'indisposition de sa femme que Pierre, le médecin de la famille, n'a même pas remarquée, lui a sauté aux yeux : « Tu le vois bien, toi, qu'elle est souffrante, ta mère ! [...] Mais ça crève les yeux, nom d'un chien!» (p. 151). Par ailleurs, il analyse clairement le rôle que joue le legs au sein de son foyer : « Depuis que nous avons eu le bonheur de cet héritage, tout le monde semble malheureux » (p. 150). Par cette phrase, le personnage met en évidence le ressort sur lequel repose tout le roman.

Ainsi, Roland, cocu aveugle dans la plus pure tradition comique, ponctue tout de même le récit de remarques justes. Ce demi-sot n'est pas sans finesse.

LÉON MARÉCHAL

L'inconnu

Il est habile de la part du romancier de n'avoir pas éclairci le mystère qui entoure le personnage de Léon Maréchal. On ne sait pas quel regard celui-ci a pu porter sur la famille Roland. On ignore également quelle part de naïveté ou de perfidie est entrée dans sa décision de léguer tous ses biens à Jean. Et puisque Mme Roland a brûlé ses lettres (p. 144), le mystère restera entier.

Pour tenter de comprendre qui fut Léon Maréchal, Pierre ne dispose que de ses souvenirs, de ceux de ses parents, du portrait enfin. Mais sa propre mémoire ne lui fournit que l'image d'un homme affable, ne marquant apparemment pas de différence entre Jean et lui. Les souvenirs de M. et Mme Roland sont plus précis, mais ils se fixent sur des anecdotes et ne permettent pas de se faire une idée précise du personnage. Le portrait, pour finir, ne délivre qu'une information incomplète. Léon Maréchal n'a pas transmis ses traits à son fils, à peine un « air de famille » (p. 146). Une ressemblance si vague ne permet pas d'établir à coup sûr une paternité. En outre, Pierre ne reconnaît pas les traits de l'ami de ses parents dans ceux de ce jeune homme blond.

Ainsi, même quand s'éclaircit l'énigme de la naissance de Jean, le personnage de Léon Maréchal continue de rester mystérieux.

Le père idéal

La figure de Léon Maréchal s'éclaire en somme par contraste. Face au père médiocre qu'est M. Roland, il représente un père idéal.

Chef de bureau aux finances (p. 77), alors que M. Roland n'est que commerçant, Léon Maréchal a un rayonnement social qui lui donne un certain prestige. Il apprécie la littérature, alors que M. Roland n'entend rien à la poésie. Tandis que celui-ci est médiocre et borné, Maréchal est généreux et prévoyant. C'est lui – et non M. Roland – qui donne à Jean les moyens de s'installer (« Il a pensé à toi » [p. 183], dit Mme Roland à son fils). C'est lui – et non M. Roland – qui aura été l'époux véritable de Mme Roland (« J'ai été sa femme comme il a été mon mari devant Dieu qui nous avait faits l'un pour l'autre » , p. 183). L'adultère, en effet, trouve ici plus de légitimité que le mariage lui-même (« Si j'ai été la maîtresse de ton père, j'ai été encore plus sa femme, sa vraie femme », p. 182). Quand Mme Roland, d'ordinaire peu loquace, prend la parole, elle consacre à Léon Maréchal une longue tirade (près de deux pages). Elle a alors des accents de sincérité qu'on chercherait en vain dans le reste de l'ouvrage : « je l'aimerai toujours, [...], je n'ai aimé que lui, [...] il a été toute ma vie » (p. 182). Enfin, le portrait de Léon Maréchal est remis à Jean qui le gardera d'autant plus volontiers chez lui que « depuis bien longtemps il souffrait inconsciemment de se sentir l'enfant de ce lourdaud bonasse » qu'est M. Roland (p. 196).

Le père inconnu est devenu en deux mois plus que le père légitime : le père idéal qui arrache soudain Jean à une existence terne et à une famille sans amour.

Un être fascinant et inquiétant

Léon Maréchal est idéalisé par Pierre, comme le serait un personnage de conte de fées. Pierre l'imagine « jeune, libre, riche, prêt à toutes les tendresses » (p. 126). Il le pare de toutes les séductions, alors même qu'il pourrait nourrir une certaine rancœur contre lui. À ses yeux, sa mère ou son frère sont fautifs : la première lui a menti, le second s'est montré égoïste et cupide. Mais Léon Maréchal reste irréprochable... Si Mme Roland est une infatigable lectrice de romans d'amour, Léon Maréchal, lui, est d'emblée le héros d'un de ces romans. Au premier regard, le jour même où Maréchal pénétrait dans la boutique, Mme Roland reconnaissait le prince charmant : « Et puis un homme, un jour, était entré comme entrent les amoureux dans les livres, et il avait parlé comme eux » (p. 129).

Mais le mystère donne aussi à Maréchal une face inquiétante et sombre. Certains passages pourraient même lui prêter la stature d'un personnage fantastique. Pierre songe par exemple : « Depuis deux jours, une main inconnue et malfaisante, la main d'un mort, avait arraché et cassé, un à un, les liens qui tenaient l'un à l'autre ces quatre êtres » (p. 144). L'évocation de cette puissance maléfique du mort nous plonge dans le monde de l'étrange. Doué d'une force inquiétante, Maréchal se glisse au cœur du foyer pour en bouleverser l'ordre. L'image de la main resurgit un peu plus loin dans le texte : « ce petit portrait, moins grand qu'une main ouverte, semblait une personne vivante, méchante, redoutable, entrée soudain dans cette maison et dans cette famille » (p. 148). Ailleurs, Maupassant a utilisé le même thème de manière très concrète. Dans deux de ses nouvelles – *La Main d'écorché* (1875) et *La Main* (1883) –, il décrit une main humaine douée d'une volonté propre et décidée à se venger des vivants. Dans *Pierre et Jean*, qui n'est pas un récit fantastique, il ne va pas aussi loin. Mais l'image de la main malfaisante ne manque pas de force.

Léon Maréchal est également apparenté à un spectre, autre figure familière aux amateurs de récits étranges. Pierre s'adresse à lui comme à un fantôme :

> Sa pensée, sans qu'il prononçât ce mot avec ses lèvres, répétait comme pour l'appeler, pour évoquer et provoquer son ombre : « Maréchal ! Maréchal ! » (p. 124).

Le revenant ne tarde pas à apparaître : « Et dans le noir de ses paupières baissées, il le vit tout à coup, tel qu'il l'avait connu » (p. 124).

Héros d'un conte galant, Maréchal est aussi un personnage étrange et inquiétant.

Louise et Gérôme Roland forment ainsi avec Léon Maréchal un trio contrasté. Mais il est intéressant de constater que le romancier a plus volontiers peint ces êtres que décrit leurs liens. Le récit gagne en densité et en suggestion : à nous d'imaginer la nature exacte des relations qui unirent ces trois personnages.

4 Les personnages secondaires

Les personnages secondaires contribuent à la profondeur du récit. Ils ont une netteté et un pittoresque qui permet au lecteur de les individualiser spontanément.

MADAME ROSÉMILLY

Cette jeune femme de vingt-trois ans est la voisine des Roland. C'est la veuve d'un « capitaine au long cours, mort à la mer » (p. 64) deux ans avant le début du roman.

Mme Rosémilly, malgré sa jeunesse, ses cheveux blonds et ses yeux bleus, son nom gracieux et son veuvage récent, n'a rien d'une héroïne sentimentale. Son esprit est positif et tranché. Il est même clairvoyant (elle surprend rapidement la jalousie de Pierre). Quand Jean se décide à lui déclarer son amour, c'est elle qui formule la demande en mariage à sa place : « je suppose naturellement que vous désirez m'épouser » (p. 163). Les précieuses dont se moquait Molière souhaitaient être longuement courtisées avant qu'on parle de mariage. Mme Rosémilly, elle, met fin d'emblée au badinage, ce qui provoque chez Jean un peu de dépit. Il s'attendait à « des gentillesses galantes, à des refus qui disent oui, à toute une coquette comédie d'amour ». Mais il se retrouve « marié, en vingt paroles » (p. 163). Cette femme de tête l'a pris de cours en allant droit au but.

Mme Rosémilly n'est pas présentée comme une jeune femme amoureuse ni même comme une héroïne qui chercherait à séduire. À ses yeux, Jean semble seulement un beau parti. La fiancée ne ressent apparemment aucun émoi. Le mariage est pour elle un rite social. Elle témoigne tout le respect souhaitable à ses futurs beaux-parents. Elle embrasse affectueusement Mme Roland et se soucie de l'avis de M. Roland. Elle s'intègre immédiatement à sa belle-famille dans laquelle elle semble prendre la place de Pierre.

BEAUSIRE

Ce capitaine haut en couleur comble le goût de M. Roland pour tout ce qui s'apparente à la navigation ou à la pêche. C'est le personnage le plus comique du récit.

Les formules qui le décrivent sont d'une ironie et d'une vivacité remarquables. Elles le peignent comme un « petit homme tout rond à force d'avoir roulé sur la mer » (p. 106), « plein comme un œuf et dur comme une balle » (p. 107). Ses idées sont du même acabit, « rondes aussi, comme les galets des rivages » (p. 106), et ses remarques rarement subtiles. Quand il cite en latin un passage adapté d'Horace (*bis repetita placent*, qu'on pourrait traduire par « deux fois valent mieux qu'une »), il se croit obligé d'ajouter : « comme nous disons en patois » (p. 106). Et il le traduit à sa manière : « Deux vermouths ne font jamais mal ». Il est vrai que Beausire est plus amateur de « roulis artificiel » (p. 106) que de sorties par gros temps.

Mais ce personnage n'est pas que plaisant ou décoratif. Ses relations aideront Pierre à obtenir la place de médecin à bord de la *Lorraine*. Cette figure bouffonne, apparemment secondaire, concourt donc elle aussi à chasser Pierre de la demeure de ses parents.

LA SERVEUSE DE LA BRASSERIE

Elle apparaît à deux reprises dans le roman, chaque fois que Pierre, se sentant seul, se laisse gagner par le désir nostalgique d'une compagnie féminine. Qu'y a-t-il eu entre eux ? Peu de chose probablement (ils ne s'appellent jamais par leur prénom), mais nous savons que cette fille « sembl[e] avoir du goût » pour Pierre (p. 102).

Quoi qu'il en soit, elle déçoit toujours son attente. La première fois qu'il va la voir, elle l'interroge sur Jean, puis insinue que celui-ci est le fils de Léon Maréchal. La seconde fois, quand Pierre vient lui annoncer son départ, elle répond avec indifférence : « Ah bah ! »

(p. 208). Au reste, la déconvenue de Pierre est superficielle puisque, dès le chapitre III, il juge cette fille « bête, commune » (p. 103).

La serveuse de la brasserie est décrite de manière allusive. Le narrateur lui prête des « yeux bleus et cupides » (p. 103), « un air bête et naïf » et « un sourire drôle sur les lèvres » (p. 104). Il signale qu'elle trotte sous ses jupes « avec un petit dandinement gentil » (p. 207). À mi-chemin entre le personnage et le type, elle ressemble aux filles faciles qui peuplent les nouvelles de Maupassant étonnantes par leur résignation et leur indifférence à leur propre sort.

MAROWSKO

Marowsko est un personnage émouvant. Ce vieux Polonais étrange a pu avoir par le passé la « réputation de conspirateur redoutable, de nihiliste, de régicide » (p. 91). En fait, c'est le contraire d'un exalté dangereux. Il est plutôt touchant, avec son « air triste de perroquet » (p. 91), son accent « enfantin » (p. 91), son « amour de chien fidèle » (p. 121) à l'égard de Pierre. Celui-ci est injuste envers Marowsko. Il fait semblant de ne pas voir que le pharmacien a besoin de lui pour vivre, et quand il le quitte, il songe avec dureté : « Personne n'aura pour moi un regret sincère » (p. 207). Le vieux pharmacien est pourtant réellement ému.

Marowsko est symboliquement lié à trois thèmes de l'œuvre :

- D'abord, il représente un double du père[1].
- Ensuite, la description du pharmacien introduit dans le roman la première allusion à la misère populaire (« Elles n'allaient pas, les affaires. La concurrence était terrible, le malade rare et pauvre dans ce quartier travailleur », p. 205), et prépare donc le développement final sur le « grand troupeau d'émigrants » (p. 211) de la *Lorraine*.
- Enfin, le personnage est un exilé, ce que Pierre sera bientôt. La veille de son départ, celui-ci ressent déjà « la mélancolie désolée des gens qui vont s'expatrier » (p. 205). Ce vieux pharmacien médiocre et amer laisse deviner ce que Pierre sera probablement un jour.

1. Le *double* d'une personne est quelqu'un qui, dans un domaine au moins, est identique à cette personne. Pour Pierre, Marowsko est une sorte de père, un reflet de son père. Il le nomme d'ailleurs « père Marowsko » (p. 207).

5 La structure du roman

Le texte de *Pierre et Jean* est composé de manière rigoureuse. L'auteur décrit ici l'éclatement de la famille Roland et le glissement de Pierre vers la folie ; mais la structure du récit n'est ni disloquée ni délirante. Maupassant a donné à son roman une forme régulière, mesurée et ordonnée.

UNE COMPOSITION RÉGULIÈRE

La longueur des chapitres

S'il observe l'organisation générale du récit[1], le lecteur ressent une impression d'ordre et de clarté. Les neuf chapitres sont pratiquement de la même longueur. Le premier est sans doute un peu plus long que les autres, mais sa longueur se justifie par la nécessité de présenter les personnages et la situation. Le chapitre second est particulièrement bref ; il importait en effet de lancer l'action et de laisser en suspens les deux thèmes esquissés (la jalousie de Pierre et le soupçon à l'égard de la naissance de Jean). Par la suite, les chapitres sont tous de la même longueur.

Le déroulement de l'action

Si l'on considère à présent le déroulement de l'action, l'impression d'équilibre subsiste. Les neuf chapitres recouvrent une durée comparable. Le rythme du chapitre est souvent celui de la journée. À deux reprises, la narration s'accélère (voir tableau p. 48 et les notes 2 et 3 p. 48). Mais ces deux entorses au rythme général du récit s'expliquent par le souci de la vraisemblance. Chez les Roland, le climat

1. Voir le tableau de la page suivante.

familial ne peut se dégrader en un jour (chapitre VI). Par ailleurs, les formalités qui précèdent le départ de Pierre – lettres de recommandation, visites, embauche, préparatifs – sont nécessairement étalées dans le temps (chapitre IX). Ces exceptions mises à part, le rythme du récit est constant et la progression de l'intrigue est régulière.

Organisation du récit

CHAPITRES	ÉLÉMENT DOMINANT	NOMBRE DE PAGES	DATE
I	L'annonce de l'héritage	24	1er jour (journée et soirée du mardi)
II	La naissance de la jalousie et du soupçon	10	Fin du 1er jour (soirée du mardi, nuit du mardi au mercredi)
III	« L'avènement de Jean le riche »	19	2e jour (mercredi)
IV	Les doutes de Pierre	18	3e jour (jeudi)
V	La certitude de Pierre	18	4e jour (vendredi)
VI	Pierre tourmente sa mère	18	Accélération du récit : 8/15 jours[2] Nouvelle journée
VII	L'aveu de Mme Roland	18	Le même jour
VIII	L'éviction de Pierre	16	Le même jour et le jour suivant
IX	Le départ de Pierre	16	Accélération du récit : un mois environ[3]. Dernier jour

2. Le narrateur accélère soudain le rythme de son récit. Après avoir décrit très précisément les premières journées, il balaie quinze jours en une seule phrase (« Rien ne survint chez les Roland pendant une semaine ou deux », p. 150).
3. Les jours pendant lesquels Pierre réclame et obtient ses lettres de recommandation ne sont pas évoqués. Les formalités d'embauche sont mentionnées brièvement (« Pierre eut la chance d'être nommé en quelques jours », p. 202). Enfin, la période qui sépare la nomination de Pierre de son départ véritable est évoquée très rapidement (« Pierre ne vécut guère dans sa famille pendant les jours qui suivirent », p. 209).

LES EFFETS DE SYMÉTRIE

Les neuf chapitres s'ordonnent de manière progressive autour du chapitre V. C'est dans ce chapitre central que les rapports de Pierre et de sa mère se trouvent modifiés. Ce bouleversement tient en une seule phrase : « Elle avait compris qu'il savait » (p. 146). De part et d'autre de ce chapitre central, certains passages se répondent. Ces échos permettent au lecteur de mesurer les évolutions qui se sont produites dans le courant du récit.

Les effets de symétrie sont nombreux, laissant apparaître l'équilibre du récit. Nous ne relèverons que trois d'entre eux, qui semblent caractéristiques.

La mer et les bateaux

Le premier et le dernier chapitre offrent plusieurs similitudes. La mer y est présente ainsi que les bateaux. La *Perle* et la *Normandie* apparaissent dans un cas, la *Perle* et la *Lorraine* dans l'autre. Les deux fois, la famille est réunie, et accompagnée de Mme Rosémilly. L'unité apparente du groupe dissimule mal les rivalités ou les divisions. Le lecteur comprend en fin de récit que tout était en germe dès le premier chapitre. Le roman se clôt ainsi sur lui-même.

Les promenades de Pierre

Une autre symétrie rapproche le début et la fin du récit. On voit à deux reprises Pierre accomplir le même parcours :
- après l'annonce de l'héritage (chapitres II et III), il se rend sur la jetée, puis chez Marowsko, puis à la brasserie ;
- au dernier chapitre, quand il s'apprête à quitter la terre ferme, il va d'abord chez Marowsko, puis à la brasserie, puis sur la jetée. Par ce rappel, le narrateur montre qu'au terme du récit, tout ce qui était familier à Pierre lui est devenu étranger.

La position des deux frères

Un effet de symétrie apparaît dans la composition d'ensemble du roman selon que Pierre ou Jean y occupe la position centrale :
- les chapitres II à IV présentent les réactions de Pierre, en même

temps que son cheminement intérieur. Il s'y montre continuellement actif et domine ainsi la première moitié du récit ;

– dans les chapitres VI à IX, c'est surtout Jean que nous voyons réfléchir et prendre des décisions. C'est lui qui mène l'action.

Ainsi, les deux moitiés du roman renvoient l'une à l'autre ; mais chacune est dominée par un frère différent.

LES ÉLÉMENTS STRUCTURANTS

La composition de l'œuvre est mise en valeur par certains éléments marquants qui rythment la lecture. Ce sont tantôt des formules, tantôt des événements

Les mots clés

L'unité des chapitres est fortement soulignée par des mots clés. Dans le premier chapitre, ce mot est « zut ». Lancé par M. Roland à la première ligne du récit, il est repris en cours de chapitre : « le père Roland [...] avait jeté [...] un *zut* énergique » (p. 67). Le mot reparaît enfin dans les dernières phrases : « Ah! bien alors, *zut* ! » (p. 83). L'interjection de Roland donne aux premières pages une certaine cohésion. De même, le deuxième chapitre est dominé par l'errance de Pierre. Celle-ci est ponctuée de jalons très clairs (« Dès qu'il fut dehors », p. 85 ; « Lorsqu'il fut rentré dans la ville », p. 90). En soulignant ainsi les étapes du texte, le narrateur donne des repères à son lecteur.

Les événements

Les repas

D'autres points fixes sont fournis par le retour des repas. Déjeuners ou dîners en famille marquent les étapes du quotidien. Les menus incidents qui s'y produisent apparaissent d'autant plus nettement qu'ils s'inscrivent dans la continuité de la vie de famille. Tantôt Pierre arrive en retard (chap. III) ; tantôt il se montre ponctuel (chap. IV). Tantôt des invités prennent part aux conversations (chap. III) ; tantôt celles-ci sont strictement familiales (chap. v). Tantôt on forme des projets concernant l'avenir de Jean (chap. III) ; tantôt c'est à celui de Pierre que l'on s'intéresse (chap. VIII). Toute entorse aux habitudes a l'allure d'un petit événement.

Les nuits

Comme les repas, les nuits scandent la progression de l'intrigue. Elles servent de jalons. Le plus souvent, elles correspondent à l'intervalle qui sépare deux chapitres. Ainsi, la première nuit se situe entre le chapitre II et le chapitre III. Le chapitre II s'achève quand Pierre s'assoupit : « il s'endormit après avoir bu deux verres d'eau » (p. 94). Le chapitre III débute quand il ouvre les yeux : « Le docteur se réveilla le lendemain » (p. 95). La pause naturelle de la nuit s'inscrit dans le rythme naturel du récit. Le même effet se retrouve entre le chapitre III et le chapitre IV. La conclusion de l'un (« il dormit comme une brute », p. 113) appelle l'introduction de l'autre (« Ce sommeil [...] l'avait sans doute adouci », p. 114). De même encore, entre le chapitre IV et le chapitre V : le chapitre IV se clôt sur ces mots : « il finit par s'assoupir » (p. 131) ; la première phrase du chapitre V leur répond exactement : « Mais le corps du docteur s'engourdit à peine une heure ou deux » (p. 132).

Une composition régulière et rigoureuse, des effets de symétrie, des éléments structurants nettement mis en valeur... Maupassant a soigné le plan de ce petit roman dominé par un parfait souci d'équilibre.

6 Le traitement du temps et de l'espace

LE TEMPS

Quelques repères

L'année

Le narrateur ne nous dit pas en quelle année se déroule l'action de *Pierre et Jean.* Toutefois, nous connaissons l'âge de Jean (vingt-cinq ans) et celui de Pierre (trente ans). Or, quand M. Roland cherche en quelle année sa femme et lui ont fait la connaissance de Léon Maréchal, Mme Roland répond :

> C'était en cinquante-huit, mon gros. Pierre avait alors trois ans (p. 120).

Le lecteur peut faire le calcul. En 1858, Pierre avait trois ans. S'il en a trente aujourd'hui, c'est donc que nous sommes en 1885. Maupassant a situé l'action de son roman trois ans avant la date à laquelle il le publie.

La saison

Nous possédons peu de précisions sur la période de l'année pendant laquelle se déroule l'action. Quelques indications apparaissent pourtant au chapitre VI :

> C'était l'époque des récoltes mûres. [...] On commençait à moissonner par places, dans les champs attaqués par les faux et on voyait les hommes se balancer en promenant au ras du sol leur grande lame en forme d'aile (p. 155).

Nous sommes donc en été. Mais le narrateur le montre par une description au lieu de le signaler directement. Il préfère généralement les impressions aux dates. Il précise pourtant que la dernière page correspond à la journée du 7 octobre :

> Le 1er octobre, la *Lorraine*, venant de Saint-Nazaire, entra au port du Havre, pour en repartir le 7 du même mois à destination de New York (p. 209).

La dernière journée du récit est celle du 7 octobre.

La durée

À l'aide de ces indications, il est facile de calculer la durée globale du récit. L'intrigue commence au milieu de l'été 1884 et s'achève au début de l'automne, très exactement le 7 octobre de la même année. Par conséquent, l'action de *Pierre et Jean* ne dure guère plus de deux mois.

Le rythme du récit

On a vu que l'action suivait un cours régulier. Un chapitre correspond souvent au rythme d'une journée. Par ailleurs, le narrateur précipite parfois le récit (voir ci-dessus le tableau du chapitre 5, p. 48).

Si l'on s'intéresse au rythme de la narration, certains éléments sautent aux yeux.

Tout d'abord, une page ou un chapitre ne correspondent pas de manière systématique à un certain laps de temps. Parfois le narrateur utilise plusieurs phrases pour décrire un geste qui ne dure qu'un instant :

> Mais le père Roland ne buvait pas. Il regardait son verre, son verre plein de vin lumineux et clair, dont l'âme légère, l'âme enivrante s'envolait par petites bulles venues du fond et montant, pressées et rapides, s'évaporer à la surface ; il le regardait avec une méfiance de renard qui trouve une poule morte et flaire un piège (p. 110).

Ailleurs, le narrateur balaie en une phrase des événements qui sont pourtant étalés dans le temps : « Pierre eut la chance d'être nommé en quelques jours » (p. 202). À l'intérieur du récit, un même nombre de pages ne correspond donc pas nécessairement à une durée fixe.

Il est important, également, de remarquer que le narrateur isole certains épisodes qu'il choisit de décrire très précisément. Ainsi, il aime peindre des plages de temps, qu'il restitue avec minutie. *Pierre et Jean* n'a pas le rythme d'un roman d'action. Le narrateur ne saute pas d'événements importants en événements importants. Il suit au contraire le cours de certaines journées dont il aime montrer les points forts tout autant que les temps morts. Quand Pierre, par exemple, s'ennuie et cherche en vain une occupation, le narrateur ne résume pas d'un mot cet ennui. Il décrit longuement le désœuvrement du héros (chap. III).

Enfin, le roman couvre une période brève. Deux mois pour cent soixante pages : ce rythme est assez lent. Plusieurs commentateurs ont remarqué que, sur ce point, *Pierre et Jean* ressemble davantage à une nouvelle qu'à un roman. La nouvelle nous enferme généralement dans une durée réduite. Le roman, lui, peut nous faire parcourir des années. Si l'on considère la courte période pendant laquelle se déroule l'action, *Pierre et Jean* semble composé comme une longue nouvelle.

L'ESPACE

Le cadre

De même que l'histoire de *Pierre et Jean* se déroule en peu de temps, elle prend place dans un cadre limité.

À aucun moment, en effet, nous ne quittons la Normandie (sinon dans les rêves de Pierre et les souvenirs de Mme Roland). Un aperçu des lieux nous est donné par M. Roland au premier chapitre. Il se comporte en guide, qui, depuis la mer, nous fait admirer la région :

> Il fit remarquer comment Le Havre séparait la basse de la haute Normandie. En basse Normandie, la côte plate descendait en pâturages, en prairies et en champs jusqu'à la mer. Le rivage de la haute Normandie, au contraire, était droit, une grande falaise, découpée, dentelée, superbe (p. 72).

La région étant ainsi présentée, nous la parcourons ensuite en détail. Le narratteur prend soin de nous faire visiter les endroits pittoresques.

Nous voyons la mer et les bateaux qui la sillonnent (chap. I, IV et IX). La vue du port du Havre est décrite à deux reprises (chap. II et IV). La plage de Trouville est présentée à travers le regard de Pierre (chap. V). Celle de Saint-Jouin (un des lieux où Maupassant aimait le plus aller) est peinte par le narrateur (chap. VI).

La couleur locale

En même temps que les paysages, le lecteur découvre certaines silhouettes caractéristiques de cette partie de la Normandie. Joséphine, la bonne des Roland, est le type de la « servante campagnarde à bon marché » (p. 74). Le capitaine Beausire appartient à la race des marins fiers de leurs voyages et de leurs exploits passés.

Le narrateur nous fait aussi découvrir certaines ambiances. L'atmosphère du café est décrite en quelques traits suggestifs : la salle déserte est morne quand Pierre y entre pour la première fois (chap. III) ; elle est bruyante et enfumée quand Pierre y revient (chap. IX). La jetée est un autre but de promenade nocturne (chap. II) ; on peut y entendre la voix du veilleur ou celle d'un pilote, ou encore le cri strident de la sirène (chap. V).

Paysages, personnages et atmosphères sont familiers à l'auteur. En outre, au moment où il entreprend *Pierre et Jean*, Maupassant, qui connaît parfaitement la Normandie, vient examiner les lieux qu'il s'apprête à décrire.

C'est la raison pour laquelle les rares écarts par rapport à la réalité sont à relever. On en trouve un au premier chapitre. Il concerne la demeure des Roland, située, « rue Belle-Normande » (p. 74). Cette rue, au nom évocateur, est une invention de l'auteur. De même, au chapitre II, le narrateur décrit le phare d'Étouville (p. 88). Ce phare est une autre invention de Maupassant. Peu importe qu'il se soit trompé ou qu'il ait volontairement brouillé les pistes. Les approximations qui entrent dans la description des lieux confirment ce que Maupassant dit dans « Le roman » : parler du réel, même de manière réaliste, c'est forcément tricher un peu.

L'ORDRE ET LE DÉSORDRE

À ne regarder que le temps et l'espace, il semble que toute l'intrigue de *Pierre et Jean* se résume en trois temps : un monde régi par l'ordre est soudain livré au désordre, puis à nouveau remis en ordre.

L'ordre

Le monde des Roland est un monde dominé par l'idée que chaque chose a sa place et doit la conserver. À bord de la *Perle*, M. Roland tient à ce que les manœuvres soient exécutées « régulièrement » (p. 69). Et la famille, rassemblée à bord dans le premier chapitre, semble se soumettre à la loi du père : M. Roland commande ; sa femme se tait ; ses fils obéissent. Chez elle, Mme Roland veille à ce que tout soit disposé avec soin. Son âme elle-même, « bien tenue comme un livre de comptes » (p. 68), semble conjurer le désordre des sentiments.

Le désordre

Au milieu du roman, Pierre découvre que cet ordre apparent n'est qu'une illusion. Mme Roland a menti à son mari et à ses fils : Jean est un bâtard. La loi du père est bafouée, et les lois auxquelles semble obéir la maison des Roland n'existent plus. Pierre arrive en retard au déjeuner (chap. III). Jean et sa mère ne descendent pas quand M. Roland s'impatiente (chap. VIII). Symbole du désordre qui règne soudain dans la demeure, il semble que le portrait de Léon Maréchal ait été égaré par Mme Roland.

Une autre confusion est révélatrice du désordre qui s'empare soudain du monde : Pierre confond son univers intérieur et la réalité qui l'entoure. Il ne distingue plus exactement les contours de son être :

> Sa détresse [...] devint si déchirante qu'il poussa un gémissement, une de ces courtes plaintes arrachées à la gorge par des douleurs trop vives. Et soudain, comme si elle l'eût entendu, comme si elle l'eût compris et lui eût répondu, la sirène de la jetée hurla tout près de lui (p. 127).

La différence entre le monde intérieur et le monde extérieur s'est abolie. D'ailleurs, au sens propre, Pierre perd ses repères. Il n'a plus réellement de place. Un soir, il envisage de ne pas rentrer chez lui pour dormir (chap. IV).

Le retour à l'ordre

Le retour à l'ordre est d'abord le fait des femmes. Mme Roland ne cesse, dans les derniers chapitres, de ranger l'appartement de Jean :

> Quand elle eut disposé les choses à son gré, aligné les serviettes, les caleçons et les chemises sur leurs tablettes spéciales, divisé tout le linge en trois classes principales, linge de corps, linge de maison et linge de table, elle se recula pour contempler son œuvre (p. 200).

C'est d'ailleurs chez Jean que le portrait de Léon Maréchal trouve enfin sa place. Jean est désormais en de bonnes mains. Mme Rosémilly, sa future épouse, a les mêmes qualités que Mme Roland. Chez elle, tout est parfaitement à sa place :

> Les sièges demeuraient rangés suivant un ordre invariable [...]. Les rideaux blancs, immaculés, avaient des plis si droits et si réguliers qu'on avait envie de les friper un peu (p. 198).

Pierre, de son côté, fait l'apprentissage d'un emploi du temps et d'une discipline nouvelle. À la dernière page du livre, l'ordre du premier chapitre est reconstitué. La famille marche désormais du même pas. Sans doute, Pierre est parti. Mais Mme Rosémilly a pris sa place. Quant à Pierre lui-même, il n'a fait que remplacer la « maison étroite » (p. 74) de ses parents par le « lit [...] étroit » (p. 210) qui est le sien sur la *Lorraine*.

Enfermés dans un temps bref et un espace limité, les héros de *Pierre et Jean* voient leur petit monde chanceler sur ses bases. C'est tout de même leur besoin d'ordre et de respectabilité qui a le dernier mot.

7 Le jeu des points de vue

Dans le langage ordinaire, on nomme *point de vue* l'endroit où l'on se place pour observer un paysage, un spectacle... Dans l'analyse littéraire, on utilise ce terme pour caractériser la manière dont le narrateur se situe par rapport aux personnages :

– Parfois, il décrit leur caractère intime, dévoile leurs pensées, annonce leur avenir, révèle leur passé : en un mot, il connaît tout d'eux. On parle alors de *point de vue omniscient* (le narrateur sait tout), ou de *focalisation zéro*.

– Parfois, le narrateur reste purement extérieur à ses personnages. Il feint même d'en savoir moins qu'eux. Il se borne à noter leurs actions ou leurs propos. On parle alors de *point de vue externe* (ou de *focalisation externe*).

– Ailleurs, enfin, le narrateur emprunte la perspective de l'un des personnages et fait semblant de voir par ses yeux. On parle alors de *point de vue interne* (ou de *focalisation interne*).

LA VARIÉTÉ DES TECHNIQUES

Chacune de ces techniques se trouve dans *Pierre et Jean*. Le narrateur multiplie les glissements d'un point de vue à l'autre.

Le point de vue omniscient

C'est en narrateur omniscient que l'auteur décrit le caractère de ses personnages ou analyse leurs sentiments. Nous trouvons un exemple caractéristique de cette technique au chapitre VIII. Jean se demande s'il doit ou non garder son héritage, et le narrateur note : « Et dans son âme où l'égoïsme prenait des masques honnêtes, tous les intérêts déguisés luttaient et se combattaient » (p. 188). Le personnage est de bonne foi. Il ne voit pas que son raisonnement est en fait guidé par l'intérêt. Le narrateur, lui, ne se laisse pas abuser, et fait tomber les masques. Il écrit alors en narrateur omniscient : il voit clair dans l'âme du héros, même quand le héros parvient à se tromper lui-même. De même, quand il note que l'absence de Mme Roland paraît « longue à Pierre, bien qu'elle n'eût pas duré trois minutes » (p. 146), il connaît le sentiment de son héros, il sait ce qu'éprouve Pierre en son for intérieur. Il connaît aussi la durée exacte de l'attente. Par cette donnée extérieure au personnage, il rectifie l'impression fausse ressentie par Pierre. Le narrateur est alors, tout à la fois, à l'intérieur et à l'extérieur du personnage. Il peut en même temps nous livrer les impressions des personnages et nous dire comment les interpréter. Le lecteur est solidement pris en main par un auteur désireux de lui faire connaître toutes les facettes de ses créatures.

Le point de vue externe

Ailleurs, le narrateur se place dans la position d'un témoin relatant fidèlement ce qu'il voit. On a l'impression qu'il assiste à telle ou telle scène et la retranscrit en se gardant de tout commentaire. Le chapitre VII offre un exemple de cette technique. Lors de l'explication entre Pierre et Jean, puis entre Jean et sa mère, le dialogue domine. Le narrateur se borne à noter les répliques. Ses rares interventions indiquent la manière dont les personnages s'expriment : « Il se mit à déclamer » (p. 169), « Pierre bégayait » (p. 173), « il parlait par phrases courtes, hachées, presque sans suite » (p. 175), « Elle murmura d'une voix accablée » (p. 179). L'auteur écrit comme le ferait un chroniqueur judiciaire. Il retranscrit fidèlement dialogues et intonations. Il indique ce que n'importe quel spectateur de la scène aurait pu voir ou entendre. Le lecteur est alors placé sur le même plan que les personnages. Il n'est plus pris en main par le narrateur (comme dans le cas du point de vue omniscient). Il réagit sans qu'on lui explique ce qu'il faut ressentir ou penser.

Il n'y a plus d'écran entre l'action et lui.

Le point de vue interne

Enfin, le narrateur renonce parfois à relater les faits et à régler les interventions de chacun. Il laisse alors la parole à un personnage. Il serait facile au narrateur de résoudre tout de suite la question que se pose le lecteur à propos de la naissance de Jean. Il lui suffirait d'écrire : « Jean était en fait le fils de Léon Maréchal ». Mais il veut nous faire partager l'incertitude et le désarroi de Pierre. Ainsi, dans les chapitres IV et V, il laisse la parole au héros. C'est Pierre (et non le narrateur) qui reconstitue comme il le peut les amours de Mme Roland et de Léon Maréchal. Le narrateur nous plonge alors dans l'univers mental de son personnage. Nous lisons les mots dans lesquels s'exprime Pierre. Nous découvrons aussi le rythme haletant et angoissé de sa pensée : « Et puis après... après... oh ! mon Dieu... après... ? ... » (p. 126). Qui parle ici ? Ce n'est plus le narrateur poursuivant son récit, mais le personnage poursuivant son monologue intérieur.

LE MONOLOGUE INTÉRIEUR

L'auteur aime nous plonger dans l'esprit de ses personnages. Il utilise alors le *monologue intérieur*, c'est-à-dire qu'il nous livre le déroulement de leurs pensées. Celles-ci ne sont pas toujours présentées de la même manière :
– tantôt le narrateur les cite telles quelles : il use du style direct ;
– tantôt il les rapporte en son nom propre : il emploie le style indirect ;
– tantôt il s'en fait l'écho : il a recours au style indirect libre.

Voir le tableau ci-après, p. 61.

Le style direct

Le style direct marque clairement le passage entre la narration et le monologue intérieur. Une phrase annonce que le personnage réfléchit ; la suivante retranscrit les pensées du personnage. Ainsi, lorsque Pierre regarde les bateaux, nous lisons :

> Il pensa : « Si on pouvait vivre là-dessus, comme on serait tranquille peut-être » (p. 89).

Désignation	Caractéristiques	Signes d'articulation	Exemples tirés de *Pierre et Jean*
Style direct	Le narrateur cite sans les modifier les paroles ou les pensées d'un personnage	Les deux points, les guillemets, éventuellement le tiret	**Il se demandait** [: «] *Est-ce possible qu'on croit une chose pareille?* [»] (p. 105).
Style indirect	• Le narrateur rapporte les paroles ou les pensées d'un personnage • Grammaticalement, ces paroles ou ces pensées sont placées sous la dépendance d'un verbe tel que «dire» ou «songer» • Cette construction entraîne éventuellement une modification des temps, des pronoms et des adjectifs possessifs et démonstratifs	La conjonction de subordination «que»	**Il songea** [que] *sur la terre entière c'était toujours la même chose* (p. 141).
Style indirect libre	Le narrateur rapporte les paroles ou les pensées d'un personnage; mais sans les placer sous la dépendance grammaticale d'un verbe comme «dire» ou «songer»	Aucun	**Enfoncé dans son lit entre les draps chauds, il méditait.** *Combien de médecins étaient devenus millionnaires en peu de temps ! Il suffisait d'un grain de savoir-faire […]* (p. 95).

Propos du narrateur = **en gras** Pensée du personnage = *en italique*
Signe d'articulation = [encadré]

De même, quand le héros s'interroge sur la fidélité de sa mère, le narrateur indique :

> Il se demandait :
> – A-t-elle été inquiétée par ma question sur le portrait, ou seulement surprise ? L'a-t-elle égaré ou caché ? (p. 139.)

Dans les deux cas, le passage de la narration au monologue intérieur est indiqué au lecteur. Nous distinguons nettement le moment où le narrateur s'exprime et celui où le personnage parle en son propre nom, c'est-à-dire au discours direct. La ponctuation évite la confusion : les deux points et les guillemets, le changement de paragraphe et le tiret nous servent de repères.

Le style indirect

Dans le style indirect, le narrateur présente par sa propre voix les opinions ou les paroles d'un personnage. Un verbe principal (comme *dire*, *penser*) commande la proposition subordonnée qui détaille les mots ou les pensées du héros.

L'utilisation du style indirect est assez limitée dans *Pierre et Jean*. Il sert, par exemple, à introduire une réflexion de Pierre à propos du café : « il songea qu'il allait trouver là des amis, des connaissances, des gens avec qui il faudrait causer » (p. 85). Il amène une notation fugitive à propos de la côtelette refroidie : « Il pensa qu'on aurait pu la laisser dans le fourneau jusqu'à son arrivée » (p. 97). Sous une forme négative, le style indirect permet encore de pointer la cupidité maladroite de maître Lecanu : « Il n'avait pas du tout pensé que cette bonne nouvelle était la mort d'un ami » (p. 79).

Le narrateur se sert ainsi du discours indirect pour introduire des remarques ponctuelles. Ce type de discours ne rapporte pas un véritable monologue intérieur. Il est cependant intéressant de s'arrêter un instant sur ce procédé. Dans le style indirect, le narrateur est l'interprète du personnage : il parle à sa place. C'est sans doute la raison pour laquelle l'auteur ne l'utilise qu'à peine. Son point de vue de romancier l'intéresse moins que celui de tel ou tel héros. Dans le discours direct, le personnage prend lui-même la parole. Dans le discours indirect, le narrateur intervient davantage.

Le style indirect n'intéresse pas tellement un romancier qui veut avant tout nous faire partager les impressions de ses héros.

Le style indirect libre

Dans le style indirect libre, le narrateur relate les paroles ou les pensées d'un personnage. Mais ces paroles ou ces pensées ne dépendent pas grammaticalement d'un verbe comme *dire* ou *songer*. Le glissement de la narration au monologue intérieur se fait avec souplesse. On entre presque insensiblement dans l'esprit d'un héros. La différence entre style direct et style indirect libre apparaît nettement dans un passage où les deux sont mêlés. Pierre est en train de s'interroger sur le malaise qu'il éprouve :

> Et il se posa cette question : « Serait-ce l'héritage de Jean ? » Oui, c'était possible, après tout. Quand le notaire avait annoncé la nouvelle, il avait senti son cœur battre un peu plus fort (p. 86).

Dans la première phrase, le narrateur use du style direct. Ensuite, les phrases détaillent encore la pensée de Pierre. Mais elles sont présentées sans guillemets et sans que le personnage dise *je*. Elles ne sont pas davantage introduites par un verbe comme *dire* ou *penser*. Il s'agit d'un style indirect libre : c'est le moyen le plus souvent utilisé par le narrateur pour évoquer les pensées des personnages. Maupassant en use parfois très longuement. Les hypothèses de Pierre concernant la jeunesse de Mme Roland sont composées au style indirect libre. Elles sont longuement ressassées : « Sa mère avait fait comme les autres, voilà tout ! Comme les autres ? – non, il existait des exceptions, et beaucoup, beaucoup ! » (p. 141).

RUPTURES ET AMBIGUÏTÉS

Le plus troublant est que, dans *Pierre et Jean*, le narrateur passe souvent d'une technique à l'autre, créant parfois une sorte de confusion. Certains passages sont ambigus puisqu'ils mettent sur le même plan une notation du narrateur et une remarque du héros. Ainsi, quand Pierre arrive en retard au déjeuner, le texte mêle description et interprétation : « Il prit dans un plat creux, au milieu de la table, la côtelette réservée pour lui. Elle était froide et sèche. Ce devait être la plus mauvaise » (p. 97). La dernière phrase émane évidemment de Pierre qui se sent négligé par les siens. Mais l'auteur n'a pas écrit : « Il songea que ce devait être la plus mauvaise ». Il a préféré enchaîner librement les phrases. Par ce procédé, il superpose le monde extérieur et le monde intérieur, la réalité et le sentiment.

Ailleurs, le narrateur s'efface soudain, à l'intérieur d'une seule phrase, devant le personnage. Quand il évoque le léger dédain de Pierre à l'égard de Mme Rosémilly, Maupassant écrit : « il la regardait d'un œil froid de magistrat qui instruit le procès des femmes, de toutes les femmes, ces pauvres êtres » (p. 65). Les premiers mots émanent du narrateur qui juge l'expression du héros (« il la regardait d'un œil froid ») ; les derniers termes viennent de Pierre lui-même : nous reconnaissons son intransigeance (« toutes les femmes ») et son sentiment instinctif de supériorité (« ces pauvres êtres »). En quelque sorte, Pierre a surgi au milieu de la phrase du narrateur.

Parfois, le lecteur hésite et se demande si une remarque vient du narrateur ou du héros. Cette hésitation est voulue par l'auteur qui nous place dans la même situation que son personnage. En effet, dans les chapitres II à V, Pierre lui-même ne parvient jamais à démêler le vrai du faux. Il ne peut distinguer le réel et l'imaginaire, les faits bruts et leur interprétation aléatoire. A-t-il vu juste en supposant que Jean est le fils de Léon Maréchal, ou a-t-il tout inventé ? Comme il mêle narration et monologue intérieur, l'auteur confond les éléments objectifs et les jugements du héros. Il nous oblige donc à progresser, comme Pierre, dans un univers où plus rien n'est sûr.

LES INTERVENTIONS DU NARRATEUR

Il arrive enfin que le narrateur intervienne dans le récit en son nom propre. Il le fait notamment quand il veut nous faire partager une impression.

Ainsi, quand il décrit l'appartement de Jean, le narrateur veut nous imposer sa vision des lieux. Lors de la visite, les personnages sont en effet divisés. Mme Rosémilly et M. Roland sont enthousiastes ;

mais leur opinion n'est pas fiable puisqu'ils sont résolument du côté de Jean. Pierre est sarcastique ; mais c'est sa jalousie qui parle : son avis a donc peu de valeur. Le narrateur intervient alors pour nous dire, au-delà de ce que ressentent les protagonistes, que l'installation est d'un goût désolant. C'est bien lui qui commente la décoration des lieux : « Cette pièce [...] avait l'aspect prétentieux et maniéré que donnent les mains inhabiles et les yeux ignorants aux choses qui exigent le plus de tact, de goût et d'éducation artiste » (p. 171).

C'est encore le narrateur qui juge ses personnages en nous faisant partager ses antipathies. Il prête à la bonne des Roland « l'air étonné et bestial des paysans » (p. 74). Il égratigne un certain type de commerçants (« les despotes en boutique », p. 69). Il condamne la médiocrité de Jean, qui n'a pour lui que « la force des faibles » (p. 187). Dans ces phrases, le narrateur nous prend implicitement à témoin en choisissant des tours péjoratifs. Il nous livre son jugement sur les personnages, et nous fait partager ses choix.

Le narrateur intervient enfin pour nous parler en quelque sorte de lui et de nous. Parfois, il abolit les frontières qui pourraient nous séparer des personnages. L'utilisation des pronoms *on* et *nous* l'aide à rapprocher les sensations de Pierre de celles que tous les lecteurs ont pu éprouver. Pierre ressent « ce malaise de l'âme que laisse en *nous* le chagrin sur lequel *on* a dormi » (p. 132). Et le narrateur commente, sur un ton qui s'apparente à celui de la confidence: « Il semble que le malheur, dont le choc *nous* a seulement heurté la veille, se soit glissé, durant *notre* repos, dans *notre* chair elle-même, qu'il meurtrit et fatigue comme une fièvre » (p. 132). Cette utilisation de la première personne du pluriel crée un lien entre le narrateur et le lecteur. Le narrateur oublie un instant les personnages pour s'adresser directement à nous.

8 Le thème du double

Pierre et Jean n'est pas seulement le roman d'un homme qui se trouve soudain en lutte contre son milieu familial. Il y a plus. Pierre voit ses repères se brouiller. Il sent intuitivement qu'une présence hostile menace son identité. Il fait ainsi l'expérience du dédoublement[1].

LE SENTIMENT DE L'ÉTRANGE

Seul parmi les siens

L'expérience vécue par Pierre est troublante. Le soupçon qu'il éprouve à l'égard de la naissance de Jean modifie en profondeur sa vision des autres. Ceux qu'il connaît le mieux lui semblent soudain étranges. Quand il décrit le regard de Pierre sur Mme Roland, le narrateur insiste sur ce changement de perception :

> C'était sa mère, cette femme ! Toute cette figure, vue dès l'enfance, dès que son œil avait pu distinguer, ce sourire, cette voix si connue, si familière, lui paraissaient brusquement nouveaux (p. 138).

Ce qui était familier devient insolite. Pierre voit sa mère avec les yeux d'un autre. Il réagit de la même manière à l'égard de son père. Il éprouve envers celui-ci un sentiment de stupeur : « Son père, surtout, étonnait son œil et sa pensée. Ce gros homme flasque, content et niais, c'était son père, à lui ! » (p. 143-144). Parce qu'il pose sur eux un regard froid et extérieur, Pierre voit ses parents lui échapper.

Il éprouve ainsi le sentiment de perdre l'un après l'autre tous les membres de sa famille. À ses yeux, il n'a « plus de mère, car il ne [peut] plus la chérir [...] ; plus de frère, puisque ce frère [est] l'enfant d'un étranger » (p. 144). Pierre met progressivement à distance le monde qui l'entoure. Il se sent seul à la brasserie, où l'on ne ren-

---

1. Voir p. 46, note 1.

contre qu'une « banale camaraderie » (p. 85) sans lendemain. Il se sent seul sur la plage de Trouville, face à l'éternel ballet des promeneurs et des promeneuses. Il se sent seul sur la *Lorraine*, face aux émigrants qui lui font horreur. Tout se passe comme si Pierre, parce qu'il a compris l'ancienne infidélité de sa mère, se mettait à l'écart de toute l'humanité.

Comment on devient étranger

Un mot résume la délicate situation du héros : celui-ci est devenu *étranger* aux autres. Le narrateur utilise le terme pour montrer la manière dont Pierre contemple les siens : « il les regardait en *étranger* qui observe, et il se croyait en effet entré tout à coup dans une famille inconnue » (p. 143). Le mot revient au dernier chapitre. Il ne qualifie plus le regard que Pierre porte sur les siens, mais l'existence qu'il mène à leurs côtés. Le narrateur note : « Il vivait maintenant dans la maison paternelle *en étranger* muet et réservé » (p. 202). Chassé de la maison de son père, prêt à mener la vie « des gens qui vont s'expatrier » (p. 205), Pierre est devenu non seulement étranger aux siens, mais étranger à lui-même. Il est devenu un autre, ou, pour reprendre un terme clé du roman, il est devenu l'« autre ».

L'« AUTRE »

L'homme et son double

Le roman est en effet ponctué de notations qui renvoient à l'existence de l'« autre ». Il s'agit d'abord de l'autre qui est en nous. Pierre observe ses propres réactions quand il vient d'apprendre la richesse soudaine de son frère. Il analyse la jalousie qui l'envahit et sa lucidité le soulage un peu. « Il se sentait mieux, indique le narrateur, content d'avoir compris, de s'être surpris lui-même, d'avoir dévoilé l'autre qui est en nous » (p. 87). Pierre découvre un aspect de lui-même qu'il ne connaissait pas.

Ce dédoublement annonce le face-à-face qui s'installe désormais entre les deux frères. Quand Pierre imagine les rumeurs qui suivront l'annonce de l'héritage, il pose le problème de la bâtardise en ces termes : « Quand on parlerait d'un fils Roland, on dirait : "Lequel, le vrai ou le faux ?" » (p. 105). Il n'y a plus d'aîné ni de cadet, mais un vrai fils et un faux fils, un homme et son double. Et le fils réel ne se distingue bientôt plus de l'imposteur. Sans doute, Pierre se voit d'abord comme le « vrai fils » (p. 134), par opposition à Jean. Pourtant, il perd bientôt cette impression de supériorité pour n'être plus, à ses propres yeux, que « l'autre fils, le fils aîné » (p. 97).

Qui est l'« autre » ? Jean ou Pierre ?

L'évolution du terme l'« autre » dans le roman est éloquente. Dans la première partie, quand le narrateur épouse le point de vue de Pierre, c'est Jean qui est l'« autre ». Pierre se souvient qu'il a été choyé par Léon Maréchal « jusqu'à la naissance de l'autre » (p. 127), c'est-à-dire la naissance de Jean. Mais à partir du chapitre VI, lorsque le narrateur adopte le point de vue de Jean, c'est Pierre qui est l'«autre». Mme Roland, consolée par Jean, aperçoit soudain une silhouette : «c'était l'autre, Pierre» (p. 166), dit le narrateur. Quand Jean chasse de ses idées les accusations portées contre sa mère, le terme l'« autre » désigne à nouveau Pierre[2]. Et pour Mme Roland qui se confie à Jean, c'est encore Pierre qui est l'«autre[3]». Ainsi, au cours du roman, l'« autre » est d'abord Jean et ensuite Pierre.

Cette évolution n'est pas seulement significative du changement de point de vue qui s'opère à partir du chapitre VI. Elle donne également la mesure de la crise psychologique qui ébranle Pierre. Celui-ci prend d'abord conscience que son frère lui échappe. Il fait ensuite l'étrange expérience de perdre, en même temps que ses repères familiaux, son identité. Au chapitre IX, s'il peut encore s'identifier à quelqu'un, n'est-ce-pas au Dr Pirette, son confrère, dont le nom est en somme la caricature du sien ? Mais ce Dr Pirette, médecin à bord de la *Picardie* comme Pierre le sera bientôt à bord de la *Lorraine*, porte une barbe blonde et ressemble à Jean. Pierre n'est plus. Il a été en quelque sorte dévoré par l'«autre».

2. «Il ne se rappela rien de ce que l'autre lui avait dit» (p. 178).
3. Elle avoue en effet : «À partir du moment où j'ai compris que ton frère, que mon autre fils me soupçonnait [...], tous les instants de ma vie ont été un martyre» (p. 181-182).

Ce thème de l'« autre » appartient au versant fantastique de l'œuvre de Maupassant. Il domine en particulier *Le Horla*, une nouvelle dont il existe deux versions. La première date de 1886. La seconde (qui est aussi la plus connue) a été composée en 1887, la même année que *Pierre et Jean*.

L'intrigue du *Horla*

Dans ce texte, le narrateur montre un homme peu à peu convaincu qu'un être invisible et malfaisant s'est glissé dans sa maison et partage sa vie. Cette créature impalpable, qu'il baptise le « Horla », laisse des traces de sa présence. Elle vide les bouteilles de lait et cueille des fleurs. Peu à peu le narrateur comprend que cet être inconnu, venu du Brésil, va prendre sa place dans sa propre demeure. Ne pouvant parvenir à le supprimer (comment tuer ce qui n'a pas de corps ?), le narrateur prend la décision de se suicider : « Il n'est pas mort... Alors... alors... il va donc falloir que je me tue, moi !... ».

Les ressemblances avec *Pierre et Jean*

À première vue, le rapprochement entre *Le Horla* et *Pierre et Jean* ne s'impose pas. *Pierre et Jean* n'est pas un récit fantastique. Le surnaturel qui domine *Le Horla* n'a pas de place ici. Mais ce thème de l'« autre » familier et hostile appartient aux deux œuvres. Jean joue pour Pierre le rôle de l'« autre » qui finit par prendre sa place sous le toit de ses parents. Sans doute, Jean est un être bien réel, tandis que le Horla n'est qu'un souffle d'air, une « brume » qu'on aperçoit dans un miroir. Mais justement : le thème de la brume revient souvent dans *Pierre et Jean*. Celle-ci reparaît chaque fois que Pierre voudrait fuir. Quand Pierre croit échapper au cercle familial et va passer l'après-midi en mer, il est enveloppé par « une nuée humide et glacée » (p. 118). Quand il apprend que Jean va s'installer dans l'appartement du boulevard François-Ier, il part dans les rues envahies d'une « fumée pestilentielle », d'une « brume errante » (p. 121). Quand il quitte le Dr Pirette qui ressemble tant à son frère, Pierre sent la tristesse l'envelopper « comme ces brumes qui courent sur la mer » (p. 204). Ce brouillard de chagrin, « mystérieux et impur comme le souffle pestilentiel de terres malfaisantes et lointaines » (p. 204), est semblable au Horla. Venu du Brésil en parcourant les mers, cet être léger comme un souffle contraint le narrateur de la nouvelle à se suicider. Or, à la fin de *Pierre et Jean*, Pierre semble aussi renoncer à la vie.

La mort symbolique de Pierre

Plusieurs images traduisent cette mort symbolique du héros. Lorsque Mme Roland va chercher refuge auprès de Jean (chap. VI), Pierre est anéanti. Aux yeux de sa mère, il n'est plus qu'un corps sans vie et méconnaissable : « elle aperçut là-bas sur la plage un corps étendu sur le ventre, comme un cadavre, la figure dans le galet » (p. 166). Cette mort symbolique de Pierre est suivie d'un ensevelissement. Sur la *Lorraine*, le lit qui lui est réservé est « étroit et long comme un cercueil » (p. 210). Enfin, le chagrin de Mme Roland lors du départ de son fils s'apparente à celui qu'on éprouve lors d'un deuil : « Il lui semblait [...] qu'elle ne reverrait jamais plus son enfant » (p. 216). Aux yeux de sa mère, Pierre est déjà mort.

Pierre et Jean et *Le Horla* appartiennent à deux univers bien différents. Mais les deux œuvres content, en somme, la même histoire : celle d'un homme aux prises avec un être à la fois proche et hostile, qu'il ne parvient à fuir qu'en se donnant la mort. Le narrateur du *Horla* décide de se suicider. Pierre s'en tient à une mort symbolique. Mais ce dénouement tragique apparente fortement les deux textes.

Pierre et Jean offre ainsi une variation intéressante sur le thème du dédoublement. Mais l'étranger, l'autre, le Horla n'appartiennent pas seulement à la littérature. En effet, à la fin de sa vie, Maupassant sombra dans la folie. Il fut notamment atteint d'« autoscopie », cette forme d'hallucination par laquelle un malade croit se trouver soudain face à sa propre image. Entrant dans une pièce, il pouvait se voir assis dans un fauteuil ou installé à sa table de travail. Maupassant n'a pas seulement fait preuve d'imagination en décrivant la hantise de Pierre à l'égard de son double. Il nous confie peut-être ici une angoisse qu'il éprouvait lui-même au moment où il se sentait glisser vers la folie.

9 Le thème de l'argent

Le testament qui enrichit Jean introduit dans le roman l'équivalent d'un coup de théâtre. Il met également à nu les mensonges conjugaux, la rivalité des frères, l'absence d'unité familiale... En faisant tomber les masques, l'argent révèle le fonctionnement de la société et le vrai visage de l'homme.

LE SEUL LIEN ENTRE LES ÊTRES

Dans *Pierre et Jean*, chacun, enfermé en lui-même, vit à l'écart des autres. L'argent est ici le seul lien qui existe entre les êtres. Mais il s'agit d'un lien négatif.

Ainsi, la famille Roland ne se trouve soudée qu'à l'annonce de l'héritage. Tous font alors bloc et se détournent de Mme Rosémilly. À aucun autre moment les Roland ne sont aussi solidaires, ni aussi jaloux de leur intimité : « ils demeuraient [...] un peu ennuyés tous les quatre d'avoir invité cette étrangère qui gênerait leur discussion et les résolutions à prendre » (p. 76). À cet instant sans doute, les membres de la famille sont unis : la cupidité les rapproche.

L'argent régit aussi les relations entre hommes et femmes. Pierre n'a connu dans sa jeunesse que « des liaisons de quinzaine, rompues quand était mangé l'argent du mois » (p. 101). La gêne met fin à ces aventures que seul l'argent avait favorisées. Un geste de Pierre, lors de sa seconde visite à la brasserie, est symboliquement très fort. Il y a beaucoup de clients ce soir-là. La serveuse ne lui accorde aucune attention. Las d'attendre, Pierre se manifeste comme il convient : « Il finit par frapper la table d'une pièce d'argent. Elle accourut » (p. 208). Cette scène en dit long sur le type d'intérêt que la serveuse lui porte. Mais Pierre lui-même ne sépare pas l'amour et l'argent. Quand il regarde la jeune femme, il la trouve « commune, sentant le peuple » (p. 103). Il songe que seul l'argent fait naître l'amour : « Les femmes, pense-t-il, doivent nous apparaître dans un rêve ou dans une auréole de luxe qui poétise leur vulgarité » (p. 103).

La confusion entre amour et argent n'est pas seulement le lot des amours de rencontre. Le mariage de Jean et de Mme Rosémilly est également scellé par l'intérêt. Jean ne fait sa demande qu'après un minutieux calcul[1] dont la conclusion est très concrète : « La fortune était donc à peu près équivalente, et la jeune femme assurément lui plaisait beaucoup » (p. 157). L'ordre des deux propositions n'est pas innocent. Le chemin du cœur passe par l'argent.

L'ÊTRE ET L'AVOIR

L'argent est plus qu'un moyen d'échange avec les autres. Il détermine l'identité des êtres.

L'argent apparaît dans la rêverie des personnages comme la condition de la réalisation de soi. Pierre comprend que le dénuement condamne tous ses espoirs et murmure avec une sincérité désespérée : « Cristi ! Si j'avais de l'argent » (p. 100). Pour lui, la fortune permet aux êtres de révéler leur vraie nature : « Pour les médiocres, elle n'était qu'une cause d'abaissement, tandis qu'elle mettait au contraire un levier puissant aux mains des forts » (p. 98). Au fond, l'argent servirait à montrer qui nous sommes. Étrange sagesse ! On admet souvent que l'argent met un masque sur le véritable visage. Selon Pierre, c'est l'inverse qui se produit.

Le roman lui donne d'ailleurs raison. À cet égard, l'évolution de Jean est intéressante. Au fil des pages, il semble, non que le héros se modifie, mais qu'il s'affirme, qu'il se révèle. La fortune rend sa voix, ses manières « plus nettes », « son assurance plus grande » (p. 107). En quelque sorte, Jean n'a pas changé ; il est devenu lui-même. Une remarque de Pierre confirme ce pouvoir de l'argent.

1. Il songe : « Elle ne possédait qu'une douzaine de mille francs de revenus, mais en biens-fonds, en fermes et en terrains dans Le Havre, sur les bassins ; et cela, plus tard, pouvait valoir une grosse somme » (p. 157).

Convaincu que la fortune l'aiderait à devenir un médecin éminent, il proclame : « Si j'avais de l'argent, moi, j'en découperais des cadavres ! » (p. 98). L'argent révèle l'identité profonde. Il met à nu la colère du héros, sa cruauté, son désir de meurtre. Si Pierre était riche, en effet, il montrerait son vrai visage.

LIBERTÉ OU ENTRAVE ?

L'argent qui rend les personnages si mesquins, fait d'eux, parfois, des fantaisistes et des poètes. Après la visite du notaire, M. Roland, d'ordinaire si terre à terre, laisse libre cours à sa pensée. Celle-ci « galop[e] autour de cet héritage annoncé, acquis déjà, de cet argent caché derrière la porte et qui [va] entrer tout à l'heure » (p. 79). Ici, l'héritage est personnifié. Dans la bouche de Beausire, la fortune devient une allégorie[2]. Celui-ci se grise de mots : « on disait que la fortune était aveugle, je crois qu'elle était simplement myope ou malicieuse et qu'elle vient de faire l'emplette d'une excellente jumelle marine » (p. 111-112). S'il faut en croire ces êtres pourtant prosaïques, la richesse incline à la rêverie ou à l'éloquence. Elle laisse chacun se créer sa chimère. Pierre rêve de voyages et de femmes lorsqu'il s'abandonne au songe (« si j'avais de l'argent ! », p. 100). Il oublie en un instant ses accusations et sa jalousie. Sans doute, l'argent isole les êtres dans le souci de posséder. Mais il stimule aussi leur imagination et les arrache à la petitesse de leur condition.

Toutefois, le rêve que procure l'argent n'est pas libérateur. Le regard de Maupassant est avant tout pessimiste. L'auteur montre avec une précision amère le poids de l'argent dans une société dont il est la seule valeur. L'argent semble offrir l'évasion ; mais il ne grandit pas les êtres. Les personnages ne pensent et ne rêvent qu'à l'argent. Cela veut dire – et ici se montre toute la cruauté de Maupassant – qu'en dehors de l'argent, ils n'ont ni pensée ni rêve.

2 . On appelle *allégorie* la représentation d'une idée abstraite, d'une notion morale sous les traits d'une personne. La fortune, la liberté et la justice peuvent donner lieu à des allégories.

10 Le thème de la mer

La mer apparaît en ouverture et en conclusion du roman. Elle est plus qu'un décor : un thème auquel Maupassant revient sans cesse, évoquant longuement les bateaux et la pêche.

LA VISION RÉALISTE

Maupassant qui, dans « Le roman », tourne en dérision les « collectionneurs de termes rares » (p. 60), utilise, pour parler de la mer, un vocabulaire précis et même technique.

La description des bateaux

C'est ainsi qu'en une seule page (p. 71), le narrateur distingue, parmi les bateaux, des remorqueurs, des paquebots, des bricks, des goélettes, des trois-mâts et des steamers. Il cite même les « mouches », ces embarcations qui assurent le service du port. Il évoque les « barques de pêche et les grands voiliers » (p. 71) avec une précision de connaisseur. Le narrateur ne se contente pas de donner une impression d'ensemble. Il veut que le lecteur voie en détail la diversité des bateaux qui peuplent la mer.

Il ne recule pas non plus devant les détails techniques. La description des bateaux appelle bientôt des précisions sur la manœuvre. Il est question du « tolet » qui maintient l'aviron (p. 62), de la « grande hune » (p. 71), cette petite plate-forme située à mi-mât. Plusieurs voiles sont mentionnées : le « cacatois » (p. 73), le « petit perroquet » (p. 71), la « misaine » (p. 116) et le « foc » (p. 117). Le romancier aime l'exactitude.

La peinture des bords de mer

Les bords de mer sont peints avec le même sens du concret. Quand il décrit la pêche de Saint-Jouin, le narrateur préfère le terme de « salicoque » à celui de « crevette grise ». Il mentionne encore le nom du filet utilisé pour l'opération : « On les nomme lanets. Ce sont de petites poches en filet attachées sur un cercle de bois, au bout d'un long bâton » (p. 156). La remarque est caractéristique. Ce seul passage est au présent dans un texte au passé. L'auteur surgit au milieu du récit pour indiquer le mot juste et la définition appropriée. Il témoigne d'un souci de réalisme, c'est-à-dire d'une volonté de fidélité au réel dans l'évocation de la mer.

LA VISION POÉTIQUE

Cependant, les bords de mer sont aussi évoqués à l'aide d'images qui opèrent une transformation poétique de la réalité.

Des images empruntées à la nature

Le monde de la mer est souvent rapproché de celui de la forêt et des champs : les mâts, avec « les vergues, les flèches, les cordages », donnent au port du Havre « l'aspect d'un grand bois mort », d'une « forêt sans feuilles » (p. 73) ; un mousse monté en haut d'un mât semble y chercher des nids... Ailleurs, les images renvoient au monde de l'agriculture : la proue de la *Perle* ressemble au « soc d'une charrue » faisant jaillir l'écume comme la « terre labourée des champs » (p. 117).

Maupassant a également recours à des images animales. Les bateaux courent sur l'eau « comme des bêtes autour de leur tanière » (p. 72). Les personnages « rêvasse[nt] » de la même manière « sur le dos d'un cheval ou sur le pont d'un bateau » (p. 118). La *Perle* est comparée à une « bête ailée, rapide et docile » (p. 118), et la *Lorraine* à une « chenille » (p. 215).

Des images empruntées au conte

D'autres images invitent à voir au bord de la mer une présence presque humaine. Les deux phares du Cap de la Hève semblent « deux cyclopes monstrueux et jumeaux » (p. 87), deux « colosses » (p. 88). La jetée qui « aval[e] » les bateaux « comme une bouche »

(p. 71) paraît un « ogre dévorant ». Créatures gigantesques et inquiétantes, les cyclopes de la mythologie grecque ne possédaient qu'un œil et, comme les ogres, ils se nourrissaient de chair humaine. Le monde de la mer se superpose ici à l'univers des contes... La plage de Saint-Jouin semble abriter « les ruines d'une grande cité disparue qui regardait autrefois l'Océan » (p. 158). Dans cette géographie fascinante, apparaît une touche de magie : les bateaux se meuvent tout seuls : « la *Perle* semblait animée d'une vie propre, de la vie des barques, poussée par une force mystérieuse cachée en elle » (p. 116-117). Le regard réaliste de Maupassant n'empêche pas une vision de la mer pleine de poésie et de rêve.

LE SYMBOLISME PSYCHOLOGIQUE

Enfin, la mer éclaire, de manière symbolique, le caractère de chaque personnage.

Le caractère de Pierre

Pierre confond la mer et la mère. La psychanalyse[1] enseigne que notre inconscient associe spontanément l'élément marin et la figure maternelle. De fait, Pierre éprouve devant l'océan un désir de possession qui rappelle sa jalousie envers Mme Roland. Rencontrant Jean sur la jetée, il part furieux « d'avoir été privé de la mer par la présence de son frère » (p. 90). Pierre est sûr que la mer – et la mère – ne peut être à la fois à son frère et à lui.

Le caractère de Mme Roland

L'auteur use de la mer comme d'un symbole qui lui permet d'affiner l'analyse psychologique. Ce qu'il ne dit pas clairement, il le fait entendre à mi-mot. Ainsi, Mme Roland, qui regarde d'un « air attendri » (p. 62) les flots et les falaises, montre de la sorte sa nature sentimentale et sensuelle. Pour elle, la mer est « quelque chose de moel-

1. Cette discipline, dont Freud est le fondateur, étudie les mécanismes conscients et inconscients qui déterminent notre comportement. Elle s'intéresse notamment aux rêves et aux associations d'idées.

leux, de fluide, de délicieux » (p. 69) – comme l'amour ou le plaisir. Elle s'y abandonne d'ailleurs « tout entière » (p. 69).

Les caractères de Jean et de M. Roland

Jean réagit différemment. S'il s'attarde le soir sur la jetée, il ne contemple pas le spectacle qui s'offre à lui. Quand Pierre lui confie qu'il trouve cela « rudement beau », Jean reste évasif (« Jean n'avait rien regardé », p. 89). Pas plus que M. Roland, Jean ne se laisse aller à contempler la mer. Le narrateur insinue par là que tous deux n'ont pas assez de sensibilité pour comprendre le cœur des femmes. De fait, ni Jean ni M. Roland ne soupçonnent *a priori* l'infidélité passée de Mme Roland. Le mystère des eaux dormantes ne les inquiète pas.

Ainsi, par la manière dont ils soutiennent ou non le spectacle de la mer, les personnages nous disent un peu qui ils sont.

Visions réaliste, poétique et symbolique se superposent chez Maupassant. Un même élément donne lieu à des traitements littéraires différents et complémentaires.

11 « Le roman » : une préface pour *Pierre et Jean*

Le texte intitulé « Le roman » qui figure en tête des éditions de *Pierre et Jean*, est assez célèbre. D'abord, parce que Maupassant s'est rarement expliqué sur sa conception du roman, et que ce texte est riche à cet égard. Ensuite, parce qu'il peut se lire de manière indépendante, comme une réflexion sur un genre qui, à cette époque, connaissait une profonde remise en cause. Enfin, parce qu'il entretient avec le récit des rapports assez complexes.

RÉSUMÉ DU « ROMAN »

La préface de *Pierre et Jean* n'a pas réellement pour but de présenter le roman qui suit. Son propos est plus vaste : « Je veux m'occuper du roman en général » (p. 45).

Qu'est-ce qu'un roman? et qu'est-ce qu'un critique?

Chaque fois qu'un auteur publie un livre, les critiques formulent le même reproche : « Le plus grand défaut de cette œuvre, c'est qu'elle n'est pas un roman à proprement parler » (p. 45). Mais qu'est-ce au juste qu'un roman ? Ce terme est extrêmement flou. D'abord, l'infinie diversité des romans interdit d'avoir une idée trop précise du genre. Ensuite, les critiques prétendent juger de la qualité d'un roman au nom de certaines règles. Mais celles-ci n'existent pas (« Quelles sont ces fameuses règles ? D'où viennent-elles ? Qui les a établies ? », p. 46). Vouloir tirer, de romans déjà publiés, des « règles invariables de composition » (p. 47), c'est être toujours en retard sur son temps et hostile à la nouveauté. Le bon critique devrait utiliser, chaque fois, des critères appropriés au roman qu'il lit. Il devrait s'adapter au tempérament de l'artiste.

Idéalistes[1], naturalistes[2] et symbolistes[3]

Comment les critiques doivent-ils juger un roman idéaliste ? En devenant eux-mêmes « poétiquement exaltés » (p. 49). Comment doivent-ils lire un roman naturaliste ? En étudiant sa fidélité à la réalité : ils doivent se demander si ce texte est vrai. En effet, si, chez un écrivain idéaliste, la vraisemblance peut être un défaut, à l'inverse, dans un roman réaliste, la fidélité au réel est une qualité.

Il faut cependant être conscient que restituer la réalité exige de l'auteur une part de création. D'une part, parce que dire le vrai, c'est résumer et choisir : ce n'est pas dire tout, mais mettre en avant certains éléments. Loin de rester neutre, l'auteur réaliste opère donc un choix. D'autre part, le vrai reste toujours une illusion. La réalité est différente pour chacun de nous. Les auteurs réalistes sont en fait des « illusionnistes », capables d'« impos[er] à l'humanité leur illusion particulière » (p. 53).

Un dernier courant littéraire vient d'apparaître : le courant symboliste. Cette école a pour qualité d'être attentive aux problèmes de l'art et de réfléchir sur le beau. En ce sens, les écrivains symbolistes se rapprochent de l'exigence d'un Louis Bouilhet et d'un Gustave Flaubert, qui furent les maîtres de Maupassant.

Mais Bouilhet ou Flaubert avaient pour règle l'observation et la simplicité, tandis que l'écriture des symbolistes est maniérée et factice. Or, il n'est pas de plus grande valeur que la simplicité, qui s'accorde si parfaitement à la nature de la langue française.

---

1. Contrairement au symbolisme et au naturalisme, l'idéalisme n'est pas un mouvement littéraire. C'est une tendance de l'artiste qui consiste à privilégier la vision intérieure par rapport à la fidélité au réel.
2 . Les écrivains naturalistes (comme Zola) se donnent pour but l'observation quasi scientifique de la réalité.
3. Les écrivains symbolistes (comme Mallarmé) veulent exploiter la fonction poétique et magique du langage. Jean Moréas publie dans le supplément littéraire du *Figaro* du 18 septembre 1886 un article considéré comme l'acte de naissance du symbolisme.

LES CHOIX LITTÉRAIRES DE MAUPASSANT

Maupassant parle dans « Le roman » de la création en général. Il peut donc faire état de ses préférences ou de ses réticences à l'égard de certains écrivains.

Pour la simplicité

À deux reprises, Maupassant cite Boileau (1636-1711). Cet auteur du siècle de Louis XIV est le symbole du classicisme, dont il a fixé les limites dans son célèbre *Art poétique*. Le classicisme est une école de rigueur, de mesure, d'ordre et d'équilibre. Il préconise le naturel et la sobriété. Il n'est donc pas surprenant que Maupassant cite Boileau pour faire l'éloge de la vraisemblance (p. 51) et de la simplicité (p. 59). Il s'inscrit du même coup dans une tradition littéraire qui possède depuis longtemps ses lettres de noblesse.

Maupassant insiste également sur l'héritage de Louis Bouilhet (1821-1869) et de Gustave Flaubert (1821-1880). Le premier n'est plus guère connu aujourd'hui. Le second est l'auteur célèbre de *Madame Bovary* (1857), *L'Éducation sentimentale* (1869) et des *Trois Contes* (1877). Son influence a été considérable non seulement sur ses successeurs immédiats, mais sur tout le XXe siècle. C'est probablement à lui que songe Maupassant quand il parle du « romancier d'aujourd'hui » (p. 51). Ce « romancier d'aujourd'hui » s'intéresse peu à l'intrigue et aux rebondissements multiples. Comme Flaubert, il écrit plutôt « l'histoire du cœur [...] à l'état normal » (p. 51). Par principe il ne choisit pas les hommes d'exception et les situations extravagantes. Des êtres simples tirés de la réalité sont pour lui de vrais sujets d'art. Dans cette préface, Flaubert est présenté comme un ami et comme un maître. C'est lui qui a guidé Maupassant en lui enseignant le prix du travail et le culte de la perfection. C'est également par référence à Flaubert que Maupassant en vient à critiquer « l'écriture artiste ».

Contre la préciosité

Maupassant ne se sert pas seulement du « roman » pour exprimer ses préférences. Il fait état de ses réserves à l'égard d'une certaine préciosité qui était alors en vogue. Maupassant juge sévèrement les « clowneries de langage », le « vocabulaire bizarre, compliqué, nombreux et chinois » (p. 59). Qui est visé ici ? L'auteur use de formules vagues. Il ironise sur ce style « qu'on nous impose aujourd'hui sous le nom d'écriture artiste » (p. 59) et se moque des « écrivains maniérés » (p. 60). Mais il ne cite aucun nom.

Edmond de Goncourt se sentit visé par ces attaques. Il réagit, assez vivement d'ailleurs, en critiquant à son tour le style de Maupassant – ou plutôt son absence de style ! Selon lui, l'auteur de *Pierre et Jean* n'aurait possédé aucune originalité, aucune facture propre. « Une page de Maupassant n'est pas signée », écrit-il dans son *Journal*, « c'est tout bonnement de la bonne copie courante appartenant à tout le monde ».

Ainsi, par cette préface, Maupassant, qui avait rendu hommage à ses maîtres, s'était également fait un ennemi.

LES LIENS AVEC « PIERRE ET JEAN »

Deux textes apparemment contradictoires

La préface intitulée « Le roman » a été écrite un peu après *Pierre et Jean*. Maupassant n'a pas manifesté d'emblée le désir d'associer ces deux textes. *Pierre et Jean* paraît en feuilleton dans *La Nouvelle Revue*, entre le 1er décembre 1887 et le 1er janvier 1888. « Le roman » est publié presque intégralement dans *Le Figaro* du 7 janvier 1888. Les deux écrits semblent donc *a priori* indépendants l'un de l'autre.

De plus, même après avoir choisi de les associer, Maupassant affirme qu'ils forment un tout disparate. Au début du « roman », l'auteur renonce à présenter ou à expliquer son récit (« Je n'ai point l'intention de plaider ici pour le petit roman qui suit », p. 45). Il va plus loin en affirmant : « [...] les idées que je vais essayer de faire comprendre entraîneraient plutôt la critique du genre d'étude psychologique que j'ai entreprise dans *Pierre et Jean* » (p. 45). Dans une lettre de janvier 1888, Maupassant oppose plus nettement encore le livre et sa préface. Il écrit : « J'ai réuni dans un même volume deux œuvres très différentes et même contradictoires ».

Roman d'analyse et roman objectif

Au cours d'un développement assez bref, Maupassant oppose le « roman d'analyse pure » au « roman objectif » (p. 53). Il existe en effet à ses yeux deux types de romanciers : les partisans de l'analyse cherchent à percer à jour le caractère des personnages ; ils étudient « toutes les réactions de l'âme agissant sous l'impulsion des intérêts, des passions ou des instincts » (p. 53). À l'inverse, les « partisans de l'objectivité » ne s'attardent pas à explorer la vie intérieure des héros ; ils « se bornent à faire passer sous nos yeux les personnages et les événements » (p. 54) ; ils racontent sans analyser.

Maupassant ne se contente pas de distinguer ces deux conceptions du roman. Il prend parti pour l'une d'entre elles, et choisit l'objectivité. À ses yeux, celle-ci donne au roman « du mouvement dans le récit, de la couleur, de la vie remuante » (p. 54).

Ce qu'il y a de curieux est que *Pierre et Jean* est évidemment un « roman d'analyse », et non un roman objectif. Maupassant ne fait donc pas le même choix dans la préface et dans le roman. Dans la première, il opte pour l'action au détriment de l'analyse psychologique ; dans le second, il explore longuement les arrière-pensées des héros, leurs sentiments secrets ou inconscients. Le texte théorique qui fait l'éloge du roman objectif sert en fait de préface à un roman d'analyse.

Un rapprochement justifié

Comment expliquer, alors, que Maupassant ait réuni dans un même volume deux textes qui s'écartent ainsi l'un de l'autre ?

Une première réponse nous est fournie par la petite histoire. L'éditeur de *Pierre et Jean* aurait jugé l'œuvre un peu courte. Il était facile d'étoffer le volume en y ajoutant, en guise de préface, cette étude déjà écrite. C'est ce que fit Maupassant.

Mais certains commentateurs ont cherché des raisons moins anecdotiques et plus littéraires à l'association de ces deux textes.

Selon Bernard Pingaud[4], Maupassant a voulu présenter ses préférences théoriques. Mais la méthode adoptée dans *Pierre et Jean* était imposée par le sujet. La progression du soupçon dans l'esprit de Pierre ne se traduit pas par des faits. C'est une évolution subtile que l'on ne peut éclairer qu'en entrant dans l'esprit du personnage. Maupassant opta donc cette fois pour le roman d'analyse. En somme, il pouvait être fier de la variété de son talent. En effet, ses goûts littéraires ne lui interdisaient pas l'emploi d'une méthode vers laquelle il n'était pas naturellement porté.

Marie-Claire Ropars-Wuilleumier[5] est d'un avis différent. Selon elle, « Le roman » instaure une sorte de jeu de cache-cache entre l'auteur et son lecteur. Ce texte nous met sur une fausse piste. Le préfacier et le romancier portent des masques différents. Ce sont de faux frères, comme le sont également *Pierre et Jean*. Cette préface en décalage par rapport au roman nous fait réfléchir sur l'insaisissable identité des êtres ou sur leur double visage. Elle nous renvoie à l'intrigue du récit, mais de manière indirecte. Pour Marie-Claire Ropars-Wuilleumier, cette préface est donc un négatif, une image inversée du texte.

D'autres commentateurs, enfin, jugent négligeables ces divergences entre préface et roman. La majeure partie de la préface est tout de même en harmonie avec le roman. Dans cette étude, Maupassant plaide pour le naturalisme[6]. Il revendique l'héritage de Flaubert. Il loue la simplicité du style. Tous ces traits s'accordent parfaitement à l'écriture de *Pierre et Jean*. Le décalage entre préface et roman est donc léger. Il n'y a pas de contradiction majeure entre les deux textes.

---

4. Voir Bibliographie, p. 124.
5 Voir Bibliographie, p. 124.
6 . Maupassant ne fait pas de différence entre *réalisme* et *naturalisme*. Les *réalistes* dont il parle sont ceux que nous appelons aujourd'hui les écrivains naturalistes. Ils se donnaient pour but l'observation quasi scientifique de la réalité. Zola est le plus célèbre d'entre eux.

12 Maupassant romancier

Il est aisé de découvrir, à travers *Pierre et Jean*, les caractéristiques de l'écriture romanesque de Maupassant.

UN ROMAN RÉALISTE ?

Des êtres ordinaires, des lieux qui existent vraiment, un temps proche de celui de l'auteur, des détails tirés de la vie quotidienne… Au cours de notre étude, nous avons remarqué que l'auteur de *Pierre et Jean* faisait constamment référence à la réalité. De plus, à la manière de certains romanciers réalistes (notamment Balzac), Maupassant a bâti son récit à partir d'un événement réel. *Pierre et Jean* est donc, selon toute évidence, une œuvre réaliste qui nous présente le monde tel qu'il est. Maupassant dit en effet dans « Le roman » que l'école « réaliste ou naturaliste » prétend « montrer la vérité, rien que la vérité et toute la vérité » (p. 48).

Mais l'auteur nous prévient aussitôt que le réalisme restitue non la réalité mais l'illusion de la réalité. Les notations concrètes qui abondent dans *Pierre et Jean* ne doivent pas nous faire oublier que l'écrivain n'est jamais un observateur neutre. Il possède son originalité d'artiste et sa vision personnelle du monde. Et, s'il se réfère au réel, c'est souvent pour nous faire entrer plus facilement dans son univers intérieur.

Loin de nous livrer simplement « la photographie banale de la vie » (p. 51), l'auteur nous dit dans *Pierre et Jean* ce qu'il pense de l'être humain. En évoquant ses personnages, il fait à la fois œuvre d'écrivain et de peintre. Il pose également un regard critique et désabusé sur le monde. Tous ces traits, si caractéristiques de l'écriture romanesque de Maupassant, nous invitent à relativiser la notion de réalisme.

L'objet de ce chapitre est de montrer de quelle manière l'auteur nous transmet sa propre vision de la réalité

UN ROMAN D'ANALYSE

Maupassant fait de l'analyse psychologique des héros l'un des ressorts essentiels du récit. Dans ce domaine souvent abordé par d'autres romanciers, l'auteur de *Pierre et Jean* se distingue cependant par la manière dont il présente ses personnages.

La peinture des états d'âme...

En effet, si Maupassant s'intéresse comme d'autres romanciers aux caractères, il porte une attention particulière aux états d'âme, aux sensations fugitives, aux humeurs passagères. Il décrit les contrariétés légères, qui semblent inexplicables. C'est ainsi que le narrateur s'attarde, au second chapitre, sur les sentiments mélangés de Pierre :

> Aucune pensée précise ne l'affligeait et il n'aurait su dire tout d'abord d'où lui venait cette pesanteur de l'âme et cet engourdissement du corps. Il avait mal quelque part sans savoir où ; il portait en lui un petit point douloureux, une de ces presque insensibles meurtrissures dont on ne trouve pas la place, mais qui gênent, fatiguent, attristent, irritent (p. 85).

Pierre passe bientôt de l'abattement à la satisfaction que procure la lucidité. Heureux d'avoir vu clair en lui-même (il s'est rendu compte qu'il était jaloux), il se sent mieux. Mais cette lucidité est elle-même illusoire, car Pierre n'a pas du tout chassé sa jalousie, qui se manifeste à nouveau dans les chapitres suivants (chap. III à VII). Le romancier excelle à montrer comment le personnage qui croit saisir ses sentiments se trompe toujours. Jean, dans ce domaine, n'est pas plus clairvoyant que son frère. Il manque de lucidité quand il se croit capable de renoncer à l'héritage de Maréchal (chap. VIII).

... et de la mobilité des sentiments

L'auteur aime également décrire les sautes d'humeur, les instants de mélancolie ou les curieux moments de répit que connaissent ses personnages. Il montre qu'au milieu d'une crise intérieure, Pierre peut soudain redevenir insouciant et joyeux (chap. IV). Certains romanciers – comme Balzac ou Zola – peignent des personnages dominés par leur position sociale ou leur hérédité : les héros sont alors invariablement mesquins ou généreux, soumis ou ambitieux. Maupassant s'intéresse au contraire à la mobilité des sentiments et des humeurs, et à leur fragilité. C'est pourquoi il évite d'enfermer *a priori* un personnage dans un seul trait de caractère.

Soucieux de ménager, à l'intérieur de ses héros, des zones d'ombre et d'imprécision, le romancier évite de commenter leur attitude. Il leur laisse plus volontiers la parole et nous fait partager leurs songes, leurs menus calculs et leurs préoccupations futiles. Nous accédons ainsi facilement à leur intimité, et nous nous intéressons à eux parce qu'il est au fond impossible de prévoir leurs réactions.

Les détails révélateurs

Dans le même souci de suggérer plutôt que de commenter, l'auteur aime mieux montrer ses personnages qu'expliquer leur comportement. Son habileté consiste à relever, ici ou là, un détail suggestif. Quand, à la table familiale, Pierre est irrité, le narrateur nous le fait deviner en nous montrant une attitude du héros : « Pierre [...] mangeait des flageolets et les piquait un à un avec une pointe de sa fourchette, comme s'il les eût embrochés » (p. 120). Ce geste méticuleux traduit tout à la fois l'agacement et la cruauté. Le romancier use d'une notation fugitive pour montrer un combat intérieur. Ainsi, en matière de psychologie, la profondeur de Maupassant se traduit par son attention à de menus détails.

LE STYLE ET LES IMAGES

Une écriture rapide et nerveuse

Maupassant évite constamment les longs développements ou les affirmations générales. Il abrège les analyses psychologiques par des tours rapides et nerveux. À ses yeux, une interrogation directe adressée au lecteur vaut mieux qu'une explication magistrale :

> Quel étrange besoin le poussa tout à coup à raconter à cette servante de brasserie l'héritage de Jean ? Pourquoi cette idée [...] lui vint-elle aux lèvres en cet instant, et pourquoi la laissa-t-il couler [...]? (p. 103).

Maupassant ne joue pas à l'écrivain d'expérience qui connaît le cœur humain et prend plaisir à le dévoiler. Il nous plonge dans le mystère des êtres.

Un autre procédé permet à l'auteur d'esquiver la lourdeur des démonstrations. Il consiste à laisser prononcer certains mots décisifs par les personnages eux-mêmes. Maupassant jugerait sans doute un peu lourd de mentionner trop souvent la jalousie de Pierre. Le mot de *jalousie* est donc présent dans le récit, mais il est placé une première fois dans les pensées de Mme Rosémilly : « Tu es jaloux, toi. C'est honteux, cela » (p. 110). Il reparaît ensuite dans la bouche de Jean : « Voilà longtemps que je te sais jaloux de moi » (p. 173). L'analyse est faite d'un mot par les personnages eux-mêmes. Elle s'intègre à la vivacité du dialogue et au mouvement du récit.

Le recours aux images

Maupassant évite encore ce que l'analyse aurait de pesant en ayant recours aux images. Plutôt que de décrire la lente progression de la jalousie, le narrateur parle d'abord d'une « graine de chagrin » (p. 85), puis du « levain de jalousie qui ferment[e] » dans l'esprit de Pierre (p. 115). Ailleurs, il use d'une autre image : « C'était un venin qu'il portait à présent dans les veines et qui lui donnait des envies de mordre à la façon d'un chien enragé » (p. 154). Enfin, il compare la souffrance de Pierre à une « tumeur » qui grossit et crève, « éclaboussant tout le monde » (p. 175). Ce qu'une description détaillerait lentement, l'image le dit de manière simple, efficace et brève.

Cette densité apparaît encore dans la manière dont les personnages sont assimilés à certains animaux. Par ce procédé, le narrateur évoque l'expression de Marowsko (« La vieille tête de perroquet du Polonais semblait ravie », p. 92), ou celle de M. Roland devant son verre de champagne (« il le regardait avec une méfiance de renard qui trouve une poule morte et flaire un piège », p. 110). Ces images sont autant d'instantanés précis et suggestifs. Pierre mène son enquête « avec une ténacité de chien qui suit une piste évaporée » (p. 124) : la phrase résume, à elle seule, le caractère et l'attitude du personnage durant tout le roman. Mais Pierre est également comparé à d'autres animaux. Peu indulgent envers son frère, Jean préfère le traiter d'« ours » (p. 149) et de « vipère » (p. 174), s'en prenant successivement à la sauvagerie et à la perfidie de son aîné. Pierre riposte en assimilant Mme Rosémilly à une « dinde », à une « oie grasse » (p. 173). À mi-chemin entre le portrait et l'injure, ces images animales sont d'une parfaite efficacité

Beaucoup de sens enfermé dans peu de mots : Maupassant a le sens de la densité. Cette fermeté du style n'empêche pas une légèreté de composition qui apparente le style de l'auteur à la technique impressionniste.

L'IMPRESSIONNISME DE MAUPASSANT

On ne trouve pas, dans *Pierre et Jean*, de portraits minutieux des personnages. Mais, d'une formule, l'auteur peint ses héros avec une vivacité qui les rend inoubliables.

Un regard de peintre

Dès leur première apparition, les deux frères ont déjà un visage et un caractère. Pierre a des favoris noirs « coupés comme ceux des magistrats » (p. 62). Son frère est un « grand garçon blond » (p. 62) qui sourit. La serveuse de la brasserie, elle, a des yeux « bleus et cupides » (p. 103). Une formule brève permet à l'auteur de suggérer une impression. On songe évidemment à l'impressionnisme, cette école de peinture qui naquit dans les années précédant la parution de *Pierre et Jean*[1]. Des artistes comme Monet, Manet ou Sisley, s'efforçaient alors de présenter, par petites touches, l'expression fugitive des visages, le mouvement des scènes de rue ou la lumière éphé-

1. Les impressionnistes organisèrent huit expositions à Paris entre 1874 et 1886.

mère d'un coucher de soleil... En saisissant l'attitude fugace et caractéristique des êtres, Maupassant n'agit pas autrement.

Cette technique «impressionniste» est également utilisée dans l'évocation des décors. Comme les peintres de son époque, l'auteur s'intéresse plus à l'atmosphère des lieux qu'au contour des objets. Il nous suffit de savoir que la maison des Roland est « étroite » (p. 74), comme la vie qu'on y mène. De même, la brasserie où Pierre se rend à deux reprises n'est pas décrite. Elle est évoquée par quelques formules suggestives liées au portrait de la serveuse : la première fois, celle-ci « sommeill[e] sur une chaise dans la salle [...] presque vide » (p. 102) ; la seconde fois, elle a « l'esprit perdu dans le calcul des consommations servies » (p. 208), tandis que la salle est « remplie de monde et remplie aussi de fumée » (p. 207). Ces expressions générales font songer aux tableaux de Manet ou de Degas. Aux yeux d'un amateur de précisions, elles seraient trop allusives. Mais c'est justement de là que vient leur puissance. En décrivant l'atmosphère, Maupassant retient l'essentiel, et il sollicite les souvenirs ou l'imagination de son lecteur. Cette légèreté de la description, attentive au détail fugitif ou significatif, va de pair avec une grande économie de moyens.

L'art de la suggestion

L'auteur se dispense de dévoiler les sentiments de ses personnages. Il laisse au lecteur le soin de le faire. Ainsi, à aucun moment, le narrateur ne parle de la préférence que Mme Roland peut éprouver pour Jean. Nous sentons toutefois que celle-ci n'est pas impartiale et qu'elle reporte sur ce fils paisible tout l'amour qu'elle a éprouvé pour Léon Maréchal. De la même manière, certaines scènes sont décrites avec une grande retenue : le lecteur devra comprendre ce qui n'est pas dit. À cet égard, la dernière page du roman est exemplaire. Rien ne transparaît de l'émotion de Pierre ni de ses sentiments. Ni M. Roland, ni Jean, ni Mme Rosémilly ne semblent comprendre ce qui se passe. Seule à verser quelques larmes, Mme Roland se laisse aller à une bien pauvre confidence : « Je pleure parce que j'ai mal » (p. 217). Colère, regret ou sentiment d'injustice sont passés sous silence. Mais cette page est sans doute plus forte qu'une longue analyse.

LA SATIRE

L'art de la satire est lui aussi fondé sur l'utilisation du non-dit. Le romancier s'en prend à la cupidité, au conformisme, à l'hypocrisie de la petite bourgeoisie. Mais jamais il ne se livre à une attaque en règle. Il se contente d'ironiser et d'établir avec son lecteur une connivence amusée et critique envers les personnages. Ainsi, le narrateur se moque de la cupidité des Roland (« ils n'espéraient la mort de personne qui pût leur laisser quelque chose », p. 75), mais il n'insiste pas sur ce travers. Il sourit de leur désir de respectabilité sociale (ils rêvent pour leurs enfants de « situations honorables et médiocres », p. 64), mais jamais il ne leur reproche ce souci. Il montre tout au plus que celui-ci ne les empêche pas d'éprouver une curiosité morbide pour les crimes « même vulgaires, honteux et répugnants » (p. 98-99). On sait d'ailleurs que le raffinement manque cruellement aux Roland. Le plus beau souvenir du père de famille est celui d'un « repas donné par un de ses amis à Meudon, et dont chaque convive avait été quinze jours malade » (p. 107). Maupassant ne souligne pas la vulgarité de ses héros : il se contente de les laisser parler.

L'ironie du romancier perce encore dans le choix du nom des personnages. Mme Rosémilly n'a rien d'une rosière[2]. Bien que son nom évoque élégance et noblesse, Beausire est un être commun. Le terne matelot Papagris est loin de mériter son surnom de Jean-Bart[3]. Maupassant use de termes flatteurs pour désigner une réalité médiocre.

Parfois, il fait l'inverse : il se sert de termes plats pour évoquer ce qui mériterait peut-être plus d'égards. C'est le cas lorsqu'il relate la demande en mariage de Jean à Mme Rosémilly. Jean reste fidèle à

---

2. C'était une tradition dans certains villages de récompenser (généralement par une couronne de roses) la jeune fille la plus vertueuse qu'on ait pu trouver. Celle-ci recevait alors le nom de *rosière*. Le mot désigne, par extension, une jeune fille naïve.
3. Jean-Bart est un illustre corsaire français (1650-1702), qui fut au service de Louis XIV.

l'image de la pêche, qu'il avait déjà utilisée pour déclarer son amour : « Oh ! Madame, j'ai fait, de mon côté, dans ce rocher de Saint-Jouin, une pêche que je veux aussi rapporter chez moi » (p. 198). Ainsi présentés, les projets de mariage de Jean se réduisent à bien peu de chose.

UNE VISION PESSIMISTE DU MONDE

Entre ironie et dérision, Maupassant possède une vision désenchantée du monde. Les êtres sont toujours seuls. Les liens qu'ils entretiennent avec autrui sont fondés sur le calcul et la mesquinerie. La famille est un cercle artificiel et fragile. Ceux qu'elle rassemble n'éprouvent les uns envers les autres que de l'indifférence, de l'agacement ou de la crainte. La société elle-même repose sur des bases malsaines. Elle ne respecte que l'argent qui pourtant corrompt les caractères : de deux frères qui se ressemblent, un héritage fait un aigri et un égoïste. Hommes, famille et société sont considérés sans indulgence.

La « grimace de la vie »

Le mot qui pourrait résumer un tel bilan est sans doute celui que Louise Roland dit, presque pour elle-même : « C'est vilain, la vie ! » (p. 196). Ce constat simple et amer trouve d'ailleurs des échos dans d'autres œuvres de Maupassant. Dans *Une vie* (1883), Jeanne, l'héroïne, dit : « Ça n'est pas toujours gai, la vie » (chap. VI). Dans *Fort comme la mort* (1889), le peintre Olivier Bertin murmure : « Comme la vie est parfois triste... » (dernier chapitre). Ces phrases désabusées traduisent une vision de l'existence que Maupassant ne pose jamais de manière abstraite ou pompeuse. Son pessimisme a pourtant des sources savantes. On l'attribue souvent à l'influence du philosophe allemand Arthur Schopenhauer (1788-1860). Celui-ci est notamment l'auteur d'un ouvrage intitulé *Le Monde comme volonté et comme représentation* (1818) dans lequel il identifie le monde à une illusion décevante. Cette idée est exprimée à demi-mot dans *Pierre et Jean*. Quand Pierre cherche sur les traits de son frère une ressemblance avec Léon Maréchal, il contemple le visage de Jean endormi, où « toute la grimace de la vie a disparu » (p. 135). La phrase en dit long sur la conception de l'existence que possède l'auteur. La société offre chaque jour une comédie des apparences. Et l'homme ne peut que « grimacer », c'est-à-dire trahir, dans une mimique à la fois grotesque et repoussante, son hypocrisie ou son dégoût.

Maupassant ne doit pas être envisagé seulement comme un écrivain réaliste, que seule intéresserait l'observation fidèle de la réalité. Par sa psychologie et son style, sa technique de peintre ou de caricaturiste, il transmet une vision désenchantée du monde. Celui-ci apparaît dans sa petitesse et sa cruauté, son comique et sa tristesse. Maupassant peut aussi bien nous faire sourire que nous rendre songeur. Et sans doute, aux yeux de l'auteur, ce mélange d'amusement et d'amertume est la seule attitude raisonnable face à l'existence. C'est du moins celle à laquelle nous invite la conclusion d'un de ses romans les plus célèbres, *Une vie* : « La vie, voyez-vous, ça n'est jamais si bon ni si mauvais qu'on croit ».

TROISIÈME PARTIE

Six lectures méthodiques

Texte 1 | Chapitre premier

(*Pierre et Jean*, pages 78-79)

Mme Roland, la première, dominant son émotion, balbutia :

— Mon Dieu, ce pauvre Léon... notre pauvre ami... mon Dieu... mon Dieu... mort !...

Des larmes apparurent dans ses yeux, ces larmes silencieuses des femmes, gouttes de chagrin venues de l'âme qui coulent sur les joues et semblent si douloureuses, étant si claires.

Mais Roland songeait moins à la tristesse de cette perte qu'à l'espérance annoncée. Il n'osait cependant interroger tout de suite sur les clauses de ce testament, et sur le chiffre de la fortune ; et il demanda, pour arriver à la question intéressante :

— De quoi est-il mort, ce pauvre Maréchal ?

M. Lecanu l'ignorait parfaitement.

— Je sais seulement, disait-il, que, décédé sans héritiers directs, il laisse toute sa fortune, une vingtaine de mille francs de rentes en obligations trois pour cent, à votre second fils, qu'il a vu naître, grandir, et qu'il juge digne de ce legs. À défaut d'acceptation de la part de M. Jean, l'héritage irait aux enfants abandonnés.

Le père Roland déjà ne pouvait plus dissimuler sa joie et il s'écria :

— Sacristi ! Voilà une bonne pensée du cœur. Moi, si je n'avais pas eu de descendant, je ne l'aurais certainement point oublié non plus, ce brave ami !

Le notaire souriait :

— J'ai été bien aise, dit-il, de vous annoncer moi-même la chose. Ça fait toujours plaisir d'apporter aux gens une bonne nouvelle.

INTRODUCTION

Situer le passage

Extrait du premier chapitre, ce texte introduit un élément capital pour l'intrigue : le fait que Jean hérite d'une somme d'argent considérable. Me Lecanu, le notaire, est venu annoncer lui-même la nouvelle. Pour ménager ses effets, il procède en deux temps : il révèle d'abord aux Roland la mort de leur ami Léon Maréchal ; puis il laisse passer leur première réaction avant d'en venir à l'essentiel, c'est-à-dire à la façon dont se présente l'héritage.

Dégager des axes de lecture

Les trois personnages réagissent très différemment face à la nouvelle. Le narrateur ne se contente pas de peindre leur réaction. Il observe leur comportement avec une lucidité ironique et cruelle.

PREMIER AXE DE LECTURE
DES RÉACTIONS TRÈS CONTRASTÉES

L'émotion de Madame Roland

C'est avec émotion que Mme Roland apprend le décès de Léon Maréchal. Elle est « la première » à prendre la parole, ce qui révèle sa spontanéité. Elle ne peut s'empêcher de pleurer (« Des larmes apparurent dans ses yeux », l. 4). Le narrateur précise que ces larmes « viennent de l'âme » (l. 5), indiquant ainsi au lecteur que le chagrin de l'héroïne est sincère. Enfin, les propos de Mme Roland montrent le trouble qui s'est emparé d'elle. Ce sont des lambeaux de phrases, entrecoupés de points de suspension. Mme Roland répète constamment les mêmes termes : « Mon Dieu » revient à trois reprises (l. 2 et 3), l'adjectif « pauvre » apparaît deux fois (l. 2).

La joie de Monsieur Roland

Son mari, en revanche, ressent plus de joie que de tristesse. Le narrateur oppose le comportement des deux époux sur trois points :
– Chacun dissimule ses sentiments, mais de manière inverse : Mme

Roland lutte contre elle-même pour « domin[er] son émotion » (l. 1) ; M. Roland, lui, tente en vain de « dissimuler sa joie » (l. 21).

– Tandis qu'elle « balbuti[e] » (l. 1), il parle fort (« il s'écria », l. 22) ; tandis qu'elle répète l'expression « Mon Dieu », qui s'apparente à une prière, il s'exclame « Sacristi ! » (l. 23), juron déplacé dans une telle situation.

– Mme Roland évoque avec tendresse « notre pauvre ami » (l. 2). Son mari s'exprime dans un registre plus familier quand il parle de « ce pauvre Maréchal » (l. 13), de « ce brave ami » (l. 25) ; ces tournures traduisent, non l'amitié, mais le sentiment instinctif de supériorité que ressent toujours M. Roland.

La satisfaction du notaire

Le personnage de Me Lecanu est évoqué par le narrateur avec une habileté de caricaturiste. Lorsqu'il annonce la nouvelle, le notaire se lance dans une phrase interminable qui ménage un effet de suspens. Le point important (le nom du légataire, c'est-à-dire de Jean) intervient très tard dans ses propos. Me Lecanu adopte un style de juriste quand il accumule prépositions et compléments du nom (« une vingtaine *de* mille francs *de* rentes », l. 16-17 ; « À défaut *d'*acceptation *de* la part *de* M. Jean », l. 19). Mais, malgré ce ton professionnel, il ne parvient pas à dissimuler sa satisfaction intéressée. Une notation descriptive (« Le notaire souriait », l. 26), une expression au discours direct (« J'ai été bien aise », l. 27) révèlent ses véritables sentiments. La formule finale trahit son absence de délicatesse. Pour lui, la mort de Léon Maréchal est avant tout « une bonne nouvelle » (l. 29).

DEUXIÈME AXE DE LECTURE
LA PRÉSENCE DU NARRATEUR

Dans cet extrait, le narrateur ne se contente pas de conduire le récit. Il marque sa présence dans le texte en mettant à nu les caractères et en laissant deviner les grandes lignes du roman.

La cupidité de Monsieur Roland

Le narrateur démasque M. Roland en indiquant que ses vraies préoccupations sont uniquement financières. Pour mettre à nu les arrière-pensées du personnage, il adopte le point de vue omniscient[1]. Il précise ainsi que M. Roland « song[e] moins à la tristesse de cette perte qu'à l'*espérance* annoncée » (l. 8-9). Par ailleurs, il signale que le personnage ne s'enquiert des circonstances du décès que « pour arriver à la question *intéressante* » (l. 11-12). En plaçant malicieusement cet adjectif en fin de phrase, le narrateur invite le lecteur à s'amuser de l'hypocrisie et la cupidité de M. Roland. Le lecteur sourit encore quand le chef de famille s'exclame : « Moi, si je n'avais pas eu de descendant, je ne l'aurais certainement point oublié non plus, ce brave ami ! » (l. 23-25). Ce genre d'affirmation, évidemment mensongère, n'engage à rien.

Premiers indices de la vérité

Le narrateur laisse au lecteur la possibilité de deviner une vérité qui échappera toujours à M. Roland. Cet extrait contient en effet quelques indices sur les liens qui unissaient réellement Léon Maréchal et Mme Roland. L'émotion de celle-ci fournit une première indication à ce sujet. Ensuite, le notaire use d'une formule révélatrice quand il parle de Jean, que M. Maréchal « a vu naître, grandir, et qu'il juge digne de ce legs » (l. 18-19). Cette insistance sur la naissance de Jean et cette préférence inexpliquée pour l'un des deux fils sont autant d'indices révélateurs. Enfin, avec ironie, le narrateur place dans la bouche de M. Roland une expression qui résume clairement la situation : celui-ci désigne en effet cet héritage comme une « pensée du cœur » (l. 23). Mais que signifie exactement l'expression ? Cet héritage est-il un geste d'amitié (comme le croit M. Roland) ? N'est-il pas plutôt un acte d'amour (comme le pense Mme Roland ou comme le devine le lecteur) ?

Le narrateur ne dévoile pas toute la vérité. Mais, au cours de cette scène comique, il ménage l'intérêt du lecteur en lui fournissant des informations qui préparent les développements ultérieurs de l'intrigue.

---

1. Voir p. 58-59.

Mise en place des thèmes

Les principaux thèmes de l'œuvre sont mis en place dans le premier chapitre du roman. Le narrateur les introduit de manière à ce que la suite du récit semble découler naturellement de ce chapitre liminaire. Le roman gagne ainsi en cohérence et en fluidité.

Relevons quelques-uns de ces thèmes :

– L'image émouvante de Mme Roland : la description des larmes que verse Mme Roland (« gouttes de chagrin venues de l'âme », l. 5) introduit un trait caractéristique de l'héroïne. Au cours du récit, celle-ci se laisse continuellement gagner par les larmes (p. 152, 166, 178, 183, 216).

– Les rapports de Jean et de Pierre : le notaire évoque l'hypothèse d'un « défaut d'acceptation de la part de M. Jean » (l. 19). Au chapitre VII, Pierre lancera à son frère qu'il aurait dû renoncer à son héritage (p. 174), et Jean songera même à lui obéir (p. 187-188). Dans ce cas, l'argent irait « aux enfants abandonnés » (l. 20). Cette expression contient, elle aussi, un élément d'annonce. Dans le dernier chapitre, Pierre, contraint de quitter la maison paternelle, n'est-il pas lui-même un « enfant abandonné » ?

– Une expression ambiguë : le notaire désigne l'héritage par l'expression « une bonne nouvelle » (l. 29). C'est un point sur lequel le narrateur va amener le lecteur à réfléchir tout au long du roman. Au début du chapitre VI, M. Roland fera remarquer : « Depuis que nous avons eu le bonheur de cet héritage, tout le monde semble malheureux » (p. 150). Est-ce donc vraiment une « bonne nouvelle » que celle que Me Lecanu délivre ici aux Roland ? Par le regard qu'il pose sur ses personnages, le narrateur invite le lecteur à en douter.

CONCLUSION

Sur le plan de l'intrigue, cet extrait délivre une nouvelle capitale et met en place les caractères si différents de M. et de Mme Roland. Mais la place qu'y prend le narrateur est également intéressante. Celui-ci apparaît en effet derrière ses personnages. Il démasque l'hypocrisie de certains propos. Il nous laisse la possibilité d'entrevoir la suite du récit. Il nous invite enfin à réfléchir sur le sens général du roman.

Texte 2 Chapitre IV

(Pierre et Jean, page 129)

Certes, elle avait pu aimer, comme une autre ! Car pourquoi serait-elle différente d'une autre, bien qu'elle fût sa mère ?

Elle avait été jeune, avec toutes les défaillances poétiques qui troublent le cœur des jeunes êtres ! Enfermée, emprisonnée dans la boutique à côté d'un mari vulgaire et parlant toujours commerce, elle avait rêvé de clairs de lune, de voyages, de baisers donnés dans l'ombre des soirs. Et puis un homme, un jour, était entré comme entrent les amoureux dans les livres, et il avait parlé comme eux.

Elle l'avait aimé. Pourquoi pas ? C'était sa mère ! Eh bien ! Fallait-il être aveugle et stupide au point de rejeter l'évidence parce qu'il s'agissait de sa mère ?

S'était-elle donnée ?... Mais oui, puisque cet homme n'avait pas eu d'autre amie ; – mais oui, puisqu'il était resté fidèle à la femme éloignée et vieillie, – mais oui, puisqu'il avait laissé toute sa fortune à son fils, à leur fils !...

Et Pierre se leva, frémissant d'une telle fureur qu'il eût voulu tuer quelqu'un ! Son bras tendu, sa main grande ouverte avaient envie de frapper, de meurtrir, de broyer d'étrangler ! Qui ? tout le monde, son père, son frère, le mort, sa mère !

INTRODUCTION

Situer le passage

Pierre, tourmenté par l'héritage que vient de recevoir Jean, se demande quels liens unissaient Mme Roland à Léon Maréchal. Il voudrait savoir si, quand elle était jeune, sa mère a pu être infidèle. Il tente donc de reconstituer la vérité. Suivant la pente de sa rêverie, il acquiert bientôt la pénible certitude que sa mère a été la maîtresse de Léon Maréchal.

Dégager des axes de lecture

Le texte est composé comme un débat intérieur, qui révèle toute la violence passionnelle des sentiments de Pierre.

PREMIER AXE DE LECTURE
LE DÉBAT INTÉRIEUR

Le jeu des questions et des réponses, rythmé comme un dialogue fait progresser le texte de manière rigoureuse.

Le style du dialogue

Dans ce passage, Pierre est seul face à lui-même. Le texte multiplie cependant les éléments qui appartiennent au discours direct. Les interrogations directes abondent : « pourquoi serait-elle différente [...] ? » (l. 2), « Pourquoi pas [...] ? » (l. 10), « Fallait-il être aveugle [...] ? » (l. 11), « S'était-elle donnée ? ... » (l. 13), « Qui [...] ? » (l. 20). À ces questions répondent des termes brefs, tirés de la langue orale et mis en relief par des points d'exclamation : « Certes » (l. 1), « Eh bien ! » (l. 10), « Mais oui » (l. 13). Certains effets de redoublement produisent une insistance expressive, caractéristique des dialogues animés : « Enfermée, emprisonnée » (l. 4-5), « aveugle et stupide » (l. 11), « à son fils, à leur fils » (l. 16). Le tour « mais oui » apparaît trois fois (l. 13, 14, 15). Enfin, le découpage en brefs paragraphes achève de donner à ce texte la vivacité du dialogue.

Une construction rigoureuse

Chaque paragraphe est rythmé par la répétition d'un mot ou d'une image qui scande nettement la progression du débat intérieur :
– Le premier paragraphe met Mme Roland sur le même plan que n'importe quelle femme : « comme une autre » (l. 1), « pourquoi serait-elle différente d'une autre [...] ? » (l. 1-2). Pierre tente de banaliser la situation, de l'envisager avec calme. Il veut la mettre à distance afin de mieux l'analyser.
– Le deuxième paragraphe insiste sur la jeunesse de Mme Roland lors des événements (« elle avait été jeune », l. 3 ; « le cœur des jeunes

êtres », l. 4). À ce titre, Mme Roland est excusable. Elle s'est bercée des douces rêveries sentimentales qui séduisent toutes les jeunes filles.

– Avec le paragraphe central, le mouvement du texte s'inverse. À l'interrogation succède l'accusation, à l'indulgence, la colère. La répétition du terme « sa mère » (l. 10, 12) marque une cassure dans la réflexion. Mme Roland n'est plus une femme pareille à toutes les autres. Elle redevient la mère de Pierre.

– Dans le quatrième paragraphe, l'expression « mais oui » est répétée trois fois (l. 13, 14, 15). Elle manifeste le désir qu'a Pierre de se convaincre. Elle trahit en même temps sa résistance face à l'évidence. Un autre mot est répété ici : « son fils, leur fils » (l. 16). La pensée de Jean aiguillonne la jalousie de Pierre.

– Dans le cinquième paragraphe, ce sont les images de meurtre qui s'imposent (« tuer », l. 18 ; « étrangler », l. 20). Le passage de « quelqu'un » (l. 18) à « tout le monde » (l. 20) traduit de manière significative la progression de la colère de Pierre.

DEUXIÈME AXE DE LECTURE
UNE VIOLENCE PASSIONNELLE

L'extrait montre comment la violence s'empare de Pierre. En lui, la volonté d'être objectif, le désir de comprendre se transforment peu à peu en certitude, puis en fureur. Le héros passe ainsi d'un extrême à l'autre, sous l'effet d'une étrange jalousie.

D'un extrême à l'autre

La violence des sentiments du personnage apparaît nettement si l'on rapproche le début et la fin du texte.

Au début, l'affirmation de Pierre est prudente et modérée. Il use du verbe *pouvoir* (« elle avait *pu* aimer », l. 1) et du conditionnel (« pourquoi *serait*-elle différente ? », l. 1-2). On sent même une certaine sympathie du fils pour la mère. Il lui trouve en effet des excuses : Mme Roland était jeune ; elle avait un mari « vulgaire et parlant toujours commerce » (l. 5-6) ; Léon Maréchal, lui, était séduisant : il ressemblait aux amoureux des livres (l. 9).

En revanche, dès que Pierre acquiert la certitude de l'infidélité de sa mère, sa colère se réveille. Sa rage, qui va jusqu'au désir de meurtre (« il eût voulu tuer quelqu'un », l. 17-18), se manifeste physiquement (« son bras tendu, sa main grande ouverte », l. 18-19). Le narrateur fait sentir l'intensité de la colère du personnage par le jeu expressif des allitérations[1] en *f* (« *f*rémissant d'une telle *f*ureur », l. 17) ou en *r* (« de f*r*apper, de meu*r*t*r*i*r*, de b*r*oyer, d'ét*r*angler », l. 19). Le nombre des monosyllabes et l'abondance des virgules contribuent à accélérer le rythme. Le mouvement des phrases s'amplifie progressivement. Les deux sujets (« Son bras » et « sa main », l. 18) commandent quatre verbes (« frapper, meurtrir, broyer, étrangler », l. 19-20), qui possèdent eux-mêmes cinq compléments (« tout le monde, son père, son frère, le mort, sa mère », l. 20-21).

Une jalousie amoureuse

Pierre ressent vis-à-vis de sa mère une jalousie digne d'un mari ou d'un amant. Dans un premier temps, il se projette avec complaisance dans l'univers imaginaire où a vécu sa mère. Il rappelle d'abord comment elle y est entrée (« elle avait rêvé », l. 6 ; « dans les livres », l. 9). Il partage ensuite sa songerie amoureuse (« clairs de lune, [...] voyages, [...] baisers donnés dans l'ombre des soirs », l. 6-7). Cependant, la fascination légère que trahissent ces termes disparaît aussitôt qu'est rappelé le lien familial (« C'était sa mère ! », l. 10). Le désir de Pierre est alors frappé d'interdit. Le personnage du séducteur (« un homme » semblable « aux amoureux dans les livres », l. 8-9) cesse d'être sympathique. Il devient « cet homme » (l. 13). L'adjectif démonstratif opère ici une cruelle mise à distance. Pierre adopte le ton de l'accusation.

Des sentiments œdipiens

Le mythe d'Œdipe est utilisé par les psychanalystes pour expliquer certains de nos sentiments. Dans la mythologie grecque, Œdipe

1. On appelle *allitération* la répétition expressive d'une consonne dans un groupe de mots.

tue son père et épouse sa mère. Freud[2] montre que tout jeune garçon possède ainsi le désir inconscient de s'unir à sa mère et de tuer l'homme qui fait obstacle à ce désir. Le rêve amoureux de Pierre, tout comme la haine qui l'anime à la fin du texte, obéit à cette logique. Car même si Pierre prétend vouloir étrangler « tout le monde » (l. 20), c'est à Mme Roland et à son amant qu'il en veut. Leurs deux noms achèvent d'ailleurs de manière significative la macabre énumération de ceux que Pierre voudrait tuer (« le mort, sa mère ! » l. 21).

Du reste, sur un plan symbolique, Pierre accomplit ce meurtre. Alors qu'au second paragraphe il imaginait sa mère, jeune et rêveuse, il la décrit, à la fin du texte, en « femme éloignée et vieillie » (l. 15) Quant à Léon Maréchal, il le nomme alors « le mort » (l. 21). Par ces deux désignations, Pierre s'attache à défigurer et à meurtrir le couple qu'il jalouse.

CONCLUSION

Le texte est révélateur de deux aspects également intéressants de l'art de Maupassant : la fluidité de la composition et la profondeur de l'analyse.

Le narrateur nous montre de quelle manière la jalousie s'empare de Pierre. Ce sentiment si violent – le désir de tuer sa propre mère ! – est restitué ici avec tant de naturel qu'il cesse de nous paraître étrange ou anormal. N'est-ce là pas un apport irremplaçable de l'art du roman ? Il nous fait découvrir, comprendre, partager des sentiments que nous n'éprouvons généralement pas, et dont nous devenons les confidents ou les complices.

2. Sigmund Freud (1856-1939) est le fondateur de la psychanalyse. Cette discipline étudie les mécanismes inconscients qui déterminent notre comportement.

Texte 3 | Chapitre V

(*Pierre et Jean*, pages 140-141)

Il allait maintenant, frôlant les groupes, tournant autour, saisi par des pensées nouvelles. Toutes ces toilettes multicolores qui couvraient le sable comme un bouquet, ces étoffes jolies, ces ombrelles voyantes, la grâce factice des tailles emprisonnées, toutes ces inventions ingénieuses de la mode depuis la chaussure mignonne jusqu'au chapeau extravagant, la séduction du geste, de la voix et du sourire, la coquetterie enfin étalée sur cette plage lui apparaissaient soudain comme une immense floraison de la perversité féminine. Toutes ces femmes parées voulaient plaire, séduire, et tenter quelqu'un. Elles s'étaient faites belles pour les hommes, pour tous les hommes, excepté pour l'époux qu'elles n'avaient plus besoin de conquérir. Elles s'étaient faites belles pour l'amant d'aujourd'hui et l'amant de demain, pour l'inconnu rencontré, remarqué, attendu peut-être.

Et ces hommes, assis près d'elles, les yeux dans les yeux, parlant la bouche près de la bouche, les appelaient et les désiraient, les chassaient comme un gibier souple et fuyant, bien qu'il semblât si proche et si facile. Cette vaste plage n'était donc qu'une halle d'amour où les unes se vendaient, les autres se donnaient, celles-ci marchandaient leurs caresses et celles-là se promettaient seulement. Toutes ces femmes ne pensaient qu'à la même chose, offrir et faire désirer leur chair déjà donnée, déjà vendue, déjà promise à d'autres hommes. Et il songea que sur la terre entière c'était toujours la même chose.

INTRODUCTION

Situer le passage

Au chapitre v, Pierre, de plus en plus sûr de l'infidélité de sa mère, fuit pendant quelques heures la maison familiale. Il quitte Le Havre pour aller passer la journée à Trouville.

Il s'y promène d'abord agréablement, admirant les promeneuses dont les silhouettes transforment la plage en « un long jardin plein de fleurs éclatantes » (p. 140). Leurs toilettes et leurs ombrelles ressemblent en effet à « des bouquets énormes dans une prairie démesurée » (*ibid.*). Mais, soudain, la vision de Pierre se brouille et il éprouve une bouffée de haine à l'égard des passantes.

Dégager des axes de lecture

Le narrateur présente de manière saisissante les obsessions de Pierre et nous invite, par là, à comprendre la manière dont la folie s'empare du personnage.

PREMIER AXE DE LECTURE
UNE PRÉSENTATION SAISISSANTE

Les procédés narratifs et stylistiques mis en œuvre ici sont destinés à nous faire partager les sensations éprouvées par le héros.

Le point de vue interne

En utilisant le point de vue interne[1], le narrateur nous fait pénétrer progressivement dans le monologue intérieur de Pierre. En effet :

- Les premières lignes du texte appartiennent au récit. Elles concentrent l'attention du lecteur sur le héros : « Il allait maintenant, frôlant les groupes [...] » (l. 1).
- Puis, deux indications, au début et à la fin du texte, signalent que le narrateur adopte désormais le point de vue de Pierre : « Toutes ces toilettes [...] *lui* apparaissaient soudain comme une immense

1. Pour la définition du *point de vue*, voir p. 58-60.

floraison » (l. 2-8), « Et *il songea que*... » (l. 26). Ces deux notations, situées l'une dans la deuxième phrase et l'autre dans la dernière, encadrent le passage. Elles introduisent et concluent le monologue intérieur.

– Le reste du texte, c'est-à-dire l'ensemble du passage, représente les pensées du personnage. Le narrateur adopte le point de vue du héros sans signaler chaque fois que c'est Pierre qui observe les femmes, qui croit deviner leur infidélité. Ses jugements ne sont ni mis à distance ni relativisés (« Toutes ces femmes parées voulaient plaire, [...] ne pensaient qu'à la même chose », l. 10-24). Le lecteur est contraint de partager sa vision du monde.

Des images fortes

Des images très différentes s'imposent à Pierre. Leur succession est expressive et frappante :

– Au début du texte, les toilettes sont comparées à un « bouquet » (l. 3). Depuis Ronsard[2], la comparaison de la femme à une fleur est fréquente dans la poésie amoureuse. Au terme de « bouquet » fait écho celui de « floraison » (l. 9), plus savant, plus recherché.

– Au début du second paragraphe, apparaît l'image de la chasse (« ces hommes [...] chassaient », l. 17-19). La femme devient un « gibier souple et fuyant » (l. 19). L'adjectif « fuyant » peut être pris au sens propre (ce gibier s'enfuit) ; il peut aussi être entendu au sens figuré : être fuyant, c'est manquer de franchise, de loyauté. L'adjectif « facile » (l. 20) possède lui aussi un double sens : il peut évoquer une proie dont on s'empare aisément ou une femme de mœurs légères.

– La fin du texte rassemble des termes qui évoquent le commerce : « halle » (l. 21), « les unes se vendaient, celles-ci marchandaient leurs caresses » (l. 21-23), « leur chair [...] vendue » (l. 25). C'est l'idée de prostitution qui s'impose ici, bien que le mot ne soit pas prononcé.

Le texte nous fait ainsi passer d'une image traditionnelle et galante de la femme à une vision prosaïque et grossière.

---

2. Dans un célèbre poème, « Mignonne, allons voir si la rose... », Ronsard compare la beauté de la femme à celle d'une rose.

L'accumulation des verbes

À la lecture de ce texte, on observe un grand nombre de verbes. Ce procédé, qui rend le style vif et nerveux, crée l'effet d'un tourbillon. La plage n'apparaît pas comme un lieu de flânerie, mais comme le siège d'une activité incessante et frénétique, impression que renforce encore l'image de la « halle ».

Quatorze de ces verbes sont des verbes d'action, dont le sujet est invariablement «ces femmes» (l. 10, 23-24). Ce sont elles qui s'attachent à «plaire, séduire, et tenter» (l. 10-11), «conquérir» (l. 13), rencontrer, remarquer, attendre, se vendre, se donner, marchander, promettre, penser, «offrir et faire désirer» (l. 24-25). Les femmes ont l'initiative de la séduction. Elles jouent ici le rôle actif. Remarquons, par comparaison, que trois verbes seulement ont pour sujet «ces hommes» (l. 17): «appeler» (l. 18), «désirer» (l. 19) et «chasser» (l. 19). Cette disproportion est révélatrice : ce sont les femmes qui mènent le jeu.

DEUXIÈME AXE DE LECTURE
UNE VISION HALLUCINÉE

Un raisonnement faussé

Le narrateur montre comment progresse le raisonnement de Pierre. À partir d'un faible indice (la beauté des robes), le personnage échafaude une théorie étrange et laisse libre cours à ses obsessions.

Pierre remarque l'élégance des femmes. Cherchant à caractériser leur attitude, il parle de « séduction » (l. 7), puis de « coquetterie » (l. 8) et enfin de « perversité » (l. 9). Le glissement d'un nom à un autre est significatif. La succession de termes mis sur le même plan, mais de valeur fort différente, est fréquente dans ce texte. Elle obéit toujours au même principe : le premier mot traduit une observation ; le dernier formule une condamnation. Pour Pierre, les femmes veulent « plaire, séduire, et tenter quelqu'un » (l. 10-11) : en soi, le verbe *plaire* n'est pas péjoratif ; *tenter* contient, en revanche, un jugement moral[3]. De même, Pierre songe qu'un homme peut être « rencontré, remarqué, attendu »

3. Dans la religion chrétienne, on nomme parfois le démon le « tentateur ».

(l. 15-16) par ces femmes. L'ordre de ces trois participes est, ici encore, révélateur : on peut rencontrer quelqu'un par hasard, mais le fait d'attendre suppose une intention et sans doute une arrière-pensée.

Pierre croit prouver la culpabilité des femmes en recourant, pour les décrire, à des termes de plus en plus lourds de reproches. Pensant mener une déduction rigoureuse, il ne craint pas d'établir des liens logiques entre les propositions (« Cette vaste plage n'était *donc* qu'une halle d'amour », l. 20-21). En fait, il déforme progressivement la réalité en projetant sur elle ses propres obsessions.

La généralisation

Le héros opère constamment des généralisations. À partir de quelques éléments (« ces toilettes [...], ces étoffes [...], ces ombrelles », l. 2-4), il évoque « *toutes* ces inventions ingénieuses de la mode *depuis* la chaussure mignonne *jusqu'*au chapeau extravagant » (l. 5-7). Pour parler des femmes, il dit à deux reprises : « *toutes* ces femmes » (l. 10 et 23-24). L'expression désigne aussi bien les promeneuses de la plage que toutes les femmes de la société. Il songe enfin que celles-ci se sont parées « pour les hommes, pour *tous* les hommes » (l. 11-12). L'adjectif *tout* revient cinq fois dans le texte. Pierre ne s'embarrasse pas de nuances.

Pour enfermer la réalité dans une seule vision négative, il use de tournures réductrices. Il emploie notamment la locution *ne... que* : « Cette vaste plage *n'*était donc *qu'*une halle d'amour » (l. 20-21), « Toutes ces femmes *ne* pensaient *qu'*à la même chose » (l. 23-24). La dernière phrase du texte est particulièrement vigoureuse : « [...] sur la terre entière c'était toujours la même chose » (l. 26-27). Le personnage englobe dans une seule vision du monde tous les lieux (« la terre entière »), toutes les époques (« toujours ») et tous les comportements humains (« la même chose »).

La confusion

Pour souligner la confusion qui règne dans l'esprit du personnage, le narrateur associe, à l'intérieur de la même phrase, des impressions contradictoires. Ainsi :

– La deuxième phrase du texte commence par des notations agréables : « toilettes multicolores » (l. 2), « étoffes jolies » (l. 3-4), « comme un bouquet » (l. 3), et elle s'achève par une expression grinçante : « une immense floraison de la perversité féminine » (l. 9-10). La transformation de la beauté en vice est subite et irrationnelle.
– La première phrase du second paragraphe mêle également deux représentations opposées. Elle débute par une évocation des « hommes, assis près d[es femmes], les yeux dans les yeux, parlant la bouche près de la bouche » (l. 17-18), notations qui traduisent l'intimité du tête-à-tête. Mais, à la fin de la phrase, les hommes semblent « chass[er] » les femmes « comme un gibier souple et fuyant » (l. 19). Rien n'explique ce passage de l'immobilité au mouvement, de la proximité à la distance, de la complicité à la poursuite. La vision est trop fiévreuse, trop hallucinée, pour être parfaitement cohérente.

CONCLUSION

À l'occasion d'une promenade de Pierre et à partir d'une simple description, le narrateur présente de manière saisissante les obsessions du personnage. Il démonte de manière attentive le mécanisme de la vision hallucinatoire, et invite ainsi le lecteur à réfléchir sur la folie. C'est là un sujet que Maupassant a souvent abordé et qu'il connaît de manière intime[4].

4. Voir p. 30 et 70.

Texte 4 | Chapitre VI

(*Pierre et Jean*, pages 162-163)

Ils grimpèrent sur le roc un peu haut, et lorsqu'ils y furent installés côte à côte, les pieds pendants, en plein soleil, elle reprit :

— Mon cher ami, vous n'êtes plus un enfant et je ne suis pas une jeune fille. Nous savons fort bien l'un et l'autre de quoi il s'agit, et nous pouvons peser toutes les conséquences de nos actes. Si vous vous décidez aujourd'hui à me déclarer votre amour, je suppose naturellement que vous désirez m'épouser.

Il ne s'attendait guère à cet exposé net de la situation, et il répondit niaisement :

— Mais oui.

— En avez-vous parlé à votre père et à votre mère ?

— Non, je voulais savoir si vous m'accepteriez.

Elle lui tendit sa main encore mouillée, et comme il y mettait la sienne avec élan :

— Moi, je veux bien, dit-elle. Je vous crois bon et loyal. Mais n'oubliez point que je ne voudrais pas déplaire à vos parents.

— Oh ! Pensez-vous que ma mère n'a rien prévu et qu'elle vous aimerait comme elle vous aime si elle ne désirait pas un mariage entre nous ?

— C'est vrai, je suis un peu troublée.

Ils se turent. Et il s'étonnait, lui, au contraire, qu'elle fût si peu troublée, si raisonnable. Il s'attendait à des gentillesses galantes, à des refus qui disent oui, à toute une coquette comédie d'amour mêlée à la pêche, dans le clapotement de l'eau ! Et c'était fini, il se sentait lié, marié, en vingt paroles.

INTRODUCTION

Situer le passage

Au chapitre VI, la famille Roland, accompagnée de Beausire et de Mme Rosémilly, va passer la journée à Saint-Jouin. L'après-midi, sur la plage, Jean déclare son amour à Mme Rosémilly. Celle-ci ne se montre nullement troublée. Elle se contente d'interrompre sa partie de pêche, résignée « à parler d'affaires et à renoncer aux plaisirs » (p. 162).

Dégager des axes de lecture

À travers cette scène, qui se déroule de manière paradoxale, le narrateur exprime sa conception, quelque peu critique, du mariage.

PREMIER AXE DE LECTURE
UNE SCÈNE PARADOXALE

Ce passage ne ressemble en rien à l'idée qu'on se fait ordinairement d'une déclaration d'amour.

Le trouble et la raison

Quand il lui déclare son amour, Jean ne trouble pas le cœur de Mme Rosémilly. La jeune femme ne manifeste ni gêne ni hésitation. Elle parle en femme de tête (« nous savons fort bien », « nous pouvons peser toutes les conséquences », l. 5-6 ; « n'oubliez point que... », l. 18). Jean, en revanche, est pris au dépourvu (« il ne s'attendait guère.. », « il répondit niaisement », « il s'étonnait », l. 10, 11, 24). Ces deux êtres réagissent très différemment l'un de l'autre. L'utilisation du verbe *attendre* dans deux phrases différentes (l. 10 et 25) met en valeur l'opposition fondamentale des caractères. Elle renforce le contraste entre l' « exposé net de la situation » (l. 10) fait par Mme Rosémilly, et les « gentillesses galantes » (l. 25-26) espérées par Jean.

Une inversion des rôles

Les rôles traditionnellement tenus par l'homme et par la femme dans ce type de circonstance sont ici inversés. Mme Rosémilly formule elle-même la demande en mariage (« je suppose naturellement que vous désirez m'épouser », l. 8-9). Jean, lui, n'avait pas parlé de mariage, mais d'amour. D'ordinaire, c'est l'homme qui « demande la main » de la femme. Ici, c'est Mme Rosémilly qui, au sens propre, demande la main de Jean. En effet, « elle lui ten[d] sa main encore mouillée » et Jean « y me[t] la sienne avec élan » (l. 15-16). Enfin, l'idée reçue selon laquelle l'homme agit avec raison et la femme avec frivolité, est ici inversée. Mme Rosémilly apparaît comme « raisonnable » (l. 25), alors que Jean rêve d'une « coquette comédie d'amour » (l. 26-27). Notons que, généralement, l'adjectif *coquet* s'applique plutôt aux femmes qu'aux hommes.

Deux tempéraments opposés

Cette inversion des rôles traditionnels souligne le fait que les deux personnages ont un tempérament opposé. Mme Rosémilly entend être rapide. Elle interrompt les effusions (« vous n'êtes plus un enfant », l. 4). Elle résume la situation (« Nous savons fort bien l'un et l'autre de quoi il s'agit », l. 5-6). Et elle va droit au but : « vous désirez m'épouser » (l. 8-9). Jean, en revanche, voudrait prendre son temps. Il aimerait jouer une « comédie d'amour » (l. 27). Son dépit apparaît dans l'expression « c'était fini » (l. 28), qui exprime un regret. Mme Rosémilly est allée trop vite pour lui.

Un autre décalage apparaît dans la manière dont les personnages expriment leurs sentiments : Jean parle avec *élan* (« Oh ! pensez-vous que ma mère [...] vous aimerait comme elle vous aime [...] ? » l. 20-21) ; Mme Rosémilly semble plus réservée (« Je vous crois bon et loyal », l. 17). À la chaleur de l'un, répond la froideur de l'autre. Ces deux êtres qui vont s'épouser semblent mal assortis. Cette scène traduit, implicitement, l'idée que le narrateur se fait du mariage.

DEUXIÈME AXE DE LECTURE
UNE CRITIQUE DU MARIAGE

Ce texte contient une critique mordante du mariage.

L'absence de tendresse

Les héros semblent n'avoir jamais été aussi distants qu'au moment où ils décident de s'épouser. En effet, nous constatons que :
– Leurs projets de mariage, loin de les rapprocher, interrompent leur tête-à-tête. Ils s'installent sur un rocher et les voilà, un peu raides et ridicules, « côte à côte, les pieds pendants » (l. 2). Installés ainsi, les deux personnages ont l'air étrangers l'un à l'autre.
– Dans *Pierre et Jean*, l'eau est souvent liée au désir[1]. Jean, plus sensuel que Mme Rosémilly, rêve d'un badinage dans le « clapotement de l'eau » (l. 27-28). Or la discussion a lieu « sur le roc un peu haut » (l. 1) et « en plein soleil » (l. 2), à un endroit peu propice à la tendresse, à l'intimité.
– L'échange verbal est lui-même très limité. De manière à la fois distante et cérémonieuse, Mme Rosémilly appelle Jean « Mon cher ami » (l. 4). Les personnages échangent « vingt paroles » (l. 28), puis ne trouvent plus rien à se dire (« Ils se turent », l. 24). Nous assistons ici, non à la naissance, mais à la fin de leur complicité.

Des préoccupations bourgeoises

Mme Rosémilly ne songe au mariage que de manière très bourgeoise. Elle nie d'emblée la poésie des jeux amoureux (« je ne suis pas une jeune fille », l. 4-5). Son vocabulaire est celui de la logique ou du calcul : *savoir, peser, décider, supposer* (l. 5-8). Elle se préoccupe exclusivement de l'avis des Roland : « En avez-vous parlé à votre père et à votre mère ? » (l. 13). C'est d'ailleurs sur ce point que portent quatre des sept répliques échangées par les personnages. L'approbation de la famille importe apparemment plus que la décision personnelle. Les seules paroles de Mme Rosémilly qui font état d'un choix (« Moi, je veux bien », l. 17) reflètent une certaine indiffé-

1. Voir p. 76-77.

rence à l'égard des sentiments. Il semble que, pour elle, la volonté individuelle compte à peine dans le choix d'un époux.

Un piège

Située de manière symbolique pendant une partie de pêche, cette scène montre comment Jean se laisse prendre au piège du mariage[2]. Il s'attendait à « une comédie d'amour mêlée à la pêche » (l. 26-27), expression qui évoque le jeu et la poursuite. Or il se retrouve « lié », ou plutôt « lié, marié » (l. 28), comme si les deux adjectifs étaient synonymes l'un de l'autre. La proie (Mme Rosémilly) a capturé le chasseur (Jean). Le piège du mariage a fonctionné. La phrase « C'était fini » (l. 28) signale l'inutilité de toute résistance.

CONCLUSION

Ce texte montre comment une déclaration d'amour se transforme – « en vingt paroles» (l. 28) – en une froide demande en mariage. Maupassant intègre avec talent, dans les passages les plus rapides de son récit, ses jugements critiques sur la société. Il associe ainsi de manière efficace la satire à la narration.

2. Maupassant compare souvent la séduction ou le mariage à un piège. Voir sur ce point la lecture méthodique n° 3 (p. 104-109). Sur l'importance de ce thème dans l'ensemble de l'œuvre de Maupassant, voir le livre de Micheline Besnard-Coursodon, *Étude thématique et structurale de l'œuvre de Maupassant : le piège*, Paris, Éd. Nizet, 1973.

Texte 5 Chapitre VII

(*Pierre et Jean*, pages 170-171)

Puis quand on fut rentré dans le salon, Jean ouvrit brusquement la porte de gauche et on aperçut la salle à manger ronde, percée de trois fenêtres, et décorée en lanterne japonaise. La mère et le fils avaient mis là toute la fantaisie dont ils étaient capables. Cette pièce à meubles de bambou, à magots, à potiches, à soieries pailletées d'or, à stores transparents où des perles de verre semblaient des gouttes d'eau, à éventails cloués aux murs pour maintenir les étoffes, avec ses écrans, ses sabres, ses masques, ses grues faites en plumes véritables, tous ses menus bibelots de porcelaine, de bois, de papier, d'ivoire, de nacre et de bronze, avait l'aspect prétentieux et maniéré que donnent les mains inhabiles et les yeux ignorants aux choses qui exigent le plus de tact, de goût et d'éducation artiste. Ce fut celle cependant qu'on admira le plus. Pierre seul fit des réserves avec une ironie un peu amère dont son frère se sentit blessé.

Sur la table, les fruits se dressaient en pyramides, et les gâteaux s'élevaient en monuments.

On n'avait guère faim ; on suça les fruits et on grignota les pâtisseries plutôt qu'on ne les mangea. Puis, au bout d'une heure, Mme Rosémilly demanda la permission de se retirer.

INTRODUCTION

Situer le passage

Le soir, au retour de l'excursion à Saint-Jouin, Jean fait à sa famille, ainsi qu'à Mme Rosémilly, les honneurs de son nouvel appartement. Le lecteur sait combien, au cours des semaines précédentes, la décoration des lieux a occupé Jean et sa mère. Mais il ignore quelles décisions ils ont fini par prendre. Ce n'est donc pas sans curiosité qu'il découvre l'univers de Jean.

Les personnages visitent d'abord le vestibule, la galerie vitrée, le petit salon, puis le salon de consultation et la chambre à coucher. À présent, ils pénètrent dans la salle à manger en rotonde, où les attendent fruits et pâtisseries.

Dégager des axes de lecture

Rien n'est inutile dans cette description des lieux parfaitement intégrée au mouvement du récit. Ce passage est par ailleurs un moment privilégié dans lequel le narrateur établit avec le lecteur une complicité amusée.

PREMIER AXE DE LECTURE
UNE DESCRIPTION INTÉGRÉE AU RÉCIT

Maupassant sait que les longues descriptions risquent de lasser l'attention du lecteur. Aussi, quand, dans *Pierre et Jean*, le narrateur évoque un lieu – ce qui est rare –, il est tenu de ne peindre que les endroits dont la connaissance importe à l'intrigue. Il prend soin d'éveiller la curiosité du lecteur. Il emprunte, même au cœur de la description, le rythme du récit.

Un passage important pour l'intrigue

L'appartement de Jean est au centre de la rivalité entre les deux frères. Il a été convoité par Pierre, avant d'être loué par Jean. Aussi la réaction des visiteurs est-elle lourde de conséquences. L'admiration de M. Roland et de Mme Rosémilly (l. 14-15) consacre la victoire de Jean. Celui-ci est cependant « blessé » par les « réserves » et l'« ironie un peu amère » (l. 15-16) de Pierre. Ces précisions préparent la scène d'explication entre les deux frères. Leur violent affrontement, qui marque un tournant dans le récit, se situe en effet quelques lignes plus bas. Cette description de la salle à manger est donc un passage important du roman.

La curiosité mise en éveil

Pour susciter l'intérêt du lecteur, le narrateur a déjà, à deux reprises, signalé l'existence de la pièce dans laquelle il nous fait pénétrer. Au chapitre III, lors de sa visite de l'appartement, Pierre avait remarqué la « délicieuse salle à manger en rotonde ayant vue sur la mer » (p. 99). Puis, au chapitre IV, Mme Roland avait parlé d'une « petite salle à manger en rotonde tout à fait coquette pour un garçon » (p. 119). Le lecteur a donc été prévenu par le narrateur : la pièce dans laquelle il pénètre est le joyau de l'appartement.

L'intérêt du lecteur est également relancé par le geste théâtral du héros : « Jean ouvrit brusquement la porte de gauche » (l. 1-2). La remarque selon laquelle « la mère et le fils avaient mis là toute la fantaisie dont ils étaient capables » (l. 4-5) contient évidemment une réserve. Elle met cependant le lecteur en appétit. Il s'attend à une heureuse surprise.

Le rythme du récit

La description adopte le rythme du récit. Les lieux, en effet, sont évoqués au moment où les personnages (représentés par le pronom *on*) les découvrent. C'est en compagnie des héros que le lecteur pénètre dans les pièces (« quand *on* fut rentré dans le salon », l. 1). C'est avec eux qu'il découvre la salle à manger (« *on* aperçut », l. 2). C'est avec eux qu'il y reste quelque temps (« *on* admira », l. 14-15 ; « *on* grignota », l. 19). Et le texte s'achève au moment où les convives s'éclipsent (« Mme Rosémilly demanda la permission de se retirer», l. 21). Cette description n'est donc pas un temps mort dans la narration.

DEUXIÈME AXE DE LECTURE
LA CONNIVENCE ENTRE LE NARRATEUR ET LE LECTEUR

Cependant, alors même qu'il lui fait voir l'appartement par les yeux des personnages, le narrateur attend que le lecteur réagisse différemment d'eux. Tandis qu'ils « admir[ent] » (l. 15) la pièce, il l'invite au contraire à en rire.

Une construction significative

La description de la salle à manger est concentrée en une phrase à la construction significative. Le sujet (« Cette pièce », l. 5) est suivi d'innombrables compléments du nom, et le verbe qu'il détermine (« avait », l. 11) n'apparaît qu'au bout de six lignes. L'accumulation des termes (« meubles de bambou, magots, potiches, soieries [...] », l. 5) produit une impression d'encombrement, de surcharge, d'entassement. La construction (« Cette pièce à meubles de bambou, à magots, à potiches, à soieries », l. 5-11) est à la fois curieuse et lourde. Tous ces noms créent une sensation de banalité et de répétition plutôt que de richesse ou d'étrangeté. Ils évoquent en outre un Orient conventionnel et stéréotypé. Dans les années 1880, la mode des bibelots et du décor japonais était fort répandue. Maupassant la jugeait commune[1] : la longue phrase des lignes 5 à 14 dresse l'inventaire de ce qui, pour lui, relève du mauvais goût.

Un style ironique

Le style du passage est ironique. En évoquant les « éventails cloués au mur pour maintenir les étoffes » (l. 8), les « grues faites en plumes véritables » (l. 9-10), le narrateur détruit l'illusion que le décor est censé créer. Il insiste sur le procédé utilisé plutôt que sur l'effet produit. Les phrases tournent ainsi en dérision ce qu'elles décrivent. L'évocation de la nourriture est également malicieuse. Les verbes (*se dresser, s'élever*, l. 17-18) et leurs compléments (« en pyramides », en « monuments », l. 17 et 18) semblent bien prétentieux pour leurs sujets (« les fruits, les gâteaux », l. 17 et 18). Mme Roland et Jean ont voulu trop bien faire les choses. Ils ont même disposé les aliments de manière prétentieuse. Mais leurs ambitions manquent leur but : « On n'avait guère faim » (l. 19).

Les interventions du narrateur

Le narrateur critique de manière directe le mauvais goût des Roland. Il signale leurs efforts poussifs pour être originaux (« toute la

1. Voir p. 21.

fantaisie dont ils étaient capables », l. 4-5). La pièce, décorée par des « mains inhabiles », n'ayant ni « goût » ni « tact », est contemplée par des « yeux ignorants » (l. 12-14). Le narrateur use d'adjectifs nettement péjoratifs (« prétentieux et maniéré », l. 12). Dans ce passage, il marque grammaticalement son intervention en usant du présent de généralité (« donnent », l. 12 ; « exigent », l. 13).

Pourquoi le narrateur tient-il à dénoncer si nettement le mauvais goût de Jean, au lieu de se contenter d'une moquerie ironique ? Probablement pour éviter que, dans cette seconde partie du roman, Jean ne devienne un héros sympathique, auquel le lecteur pourrait s'identifier. Les interventions très claires du narrateur renvoient le personnage à sa médiocrité de parvenu. Après ce passage, il devient difficile de s'attacher à Jean.

CONCLUSION

Ce texte est intéressant par la vie qu'il communique à la description. Il vaut aussi par la manière dont le narrateur met habilement le lecteur de son côté en l'invitant à rire des Roland.

Certains commentateurs[2] ont voulu reconnaître dans l'appartement de Jean des éléments du décor du cabinet de travail de Maupassant. Mais la description de cette salle à manger, réduite par Mme Roland aux proportions d'une « lanterne japonaise » (l. 3-4), offre des traits satiriques dont on ne peut douter.

2. Notamment Pierre Cogny, dans son édition de *Pierre et Jean* (Garnier, 1959).

Texte 6 | Chapitre IX

(Pierre et Jean, page 217)

Lorsqu'ils furent revenus à terre, Beausire les quitta tout de suite pour aller déjeuner chez un ami. Alors Jean partit en avant avec Mme Rosémilly, et Roland dit à sa femme :

— Il a une belle tournure, tout de même, notre Jean.

— Oui, répondit la mère.

Et comme elle avait l'âme trop troublée pour songer à ce qu'elle disait, elle ajouta :

— Je suis bien heureuse qu'il épouse Mme Rosémilly.

Le bonhomme fut stupéfait.

— Ah bah ! Comment ? Il va épouser Mme Rosémilly ?

— Mais oui. Nous comptions te demander ton avis aujourd'hui même.

— Tiens ! tiens ! Y a-t-il longtemps qu'il est question de cette affaire-là ?

— Oh ! Non. Depuis quelques jours seulement. Jean voulait être sûr d'être agréé par elle avant de te consulter.

Roland se frottait les mains :

— Très bien. Très bien. C'est parfait. Moi je l'approuve absolument.

Comme ils allaient quitter le quai et prendre le boulevard François-Ier, sa femme se retourna encore une fois pour jeter un dernier regard sur la haute mer ; mais elle ne vit plus rien qu'une petite fumée grise, si lointaine, si légère qu'elle avait l'air d'un peu de brume.

INTRODUCTION

Situer le passage

Cet extrait se situe à la fin du roman. La famille Roland est venue dire adieu à Pierre qui va quitter Le Havre à bord de la *Lorraine*.

Les dernières lignes d'un roman méritent toujours une attention particulière. C'est à cet instant que l'auteur quitte ses personnages, clôt le récit et lui donne un sens. C'est dans cette perspective qu'il convient d'étudier cette page.

Dégager des axes de lecture

Ce texte consacre le triomphe définitif de Jean sur Pierre. En outre, il mélange, d'une manière caractéristique de l'art de Maupassant, les éléments d'un dénouement heureux à d'autres notations plus graves. Il laisse ainsi le lecteur sur une impression amère.

PREMIER AXE DE LECTURE
LE TRIOMPHE DE JEAN SUR PIERRE

Le triomphe de Jean

Jean apparaît désormais comme le chef de famille. C'est lui qui mène la marche, au bras de sa future épouse (« Jean partit en avant avec Mme Rosémilly », l. 2-3). Et M. Roland ne peut s'empêcher d'admirer celui qu'il considère comme son fils (« Il a une belle tournure, tout de même », l. 4). L'expression « notre Jean » (l. 4) est significative : elle traduit la totale intégration du fils illégitime à l'univers familial. Il est révélateur que le petit groupe emprunte le boulevard François-Ier. C'est là que se situe l'appartement convoité par Pierre au chapitre III, et que Jean occupe dorénavant. M. et Mme Roland « quitt[ent] le quai » et « pren[nent] » le boulevard (l. 20) ; ces deux verbes ont évidemment une valeur symbolique : les personnages se détournent définitivement de Pierre pour suivre Jean.

La disparition de Pierre

Tandis que Jean gagne de l'importance au sein de la famille, Pierre en perd progressivement. Il n'est pas question de lui dans la conversation de ses parents (l. 4 à 19). Il serait pourtant normal qu'ils pensent à lui en cet instant, puisqu'ils viennent de lui dire adieu. Mais, même à la fin du texte, quand Mme Roland songe à Pierre, le narrateur ne mentionne pas le nom du personnage. Celui-ci n'est évoqué que par le lieu où il se trouve : « [elle] se retourna encore une fois pour jeter un dernier regard *sur la haute mer* » (l. 21-22). La fin du passage consacre la disparition de Pierre. Y sont en effet accumulés des termes qui évoquent l'insignifiance, la nullité : « elle ne vit *plus rien* qu'*une petite fumée grise*, si *lointaine*, si *légère*, qu'elle avait l'air d'*un peu de brume* » (l. 22-24). On pourrait dire qu'au sens propre, Pierre disparaît en fumée.

Par le triomphe d'un des fils et la disparition de l'autre, cette page conclut le roman de manière à la fois heureuse et grave.

DEUXIÈME AXE DE LECTURE
UN DÉNOUEMENT AMBIGU

Un dénouement apparemment heureux

Cette fin contient tous les ingrédients d'un dénouement heureux. Le récit semble parfaitement clos sur lui-même. Les circonstances font écho à celles du premier chapitre, qui présentait également le mouvement des bateaux au large du Havre. À l'exception de Pierre, tous les personnages principaux sont réunis. Ils sont nommés de manière familière, comme des héros qui nous sont bien connus : « Roland » (l. 3), « la mère » (l. 5), « le bonhomme » (l. 9). À cette fin, il ne manque même pas, comme dans les contes, l'annonce d'un mariage. « – Je suis bien heureuse qu[e Jean] épouse Mme Rosémilly » (l. 8), annonce Mme Roland. La phrase de M. Roland (« Très bien, très bien. C'est parfait », l. 18) semble souligner l'heureux dénouement du roman.

Une impression de malaise

Cette page produit cependant une impression de léger malaise.

Le mariage n'est pas annoncé comme le sont d'ordinaire les événements heureux. M. Roland l'apprend par hasard, parce que sa femme fait une gaffe. Mme Roland a en effet « l'âme trop troublée pour songer à ce qu'elle di[t] » (l. 6-7). Cette annonce ne donne lieu à aucune démonstration d'émotion. L'exclamation de M. Roland (« Ah bah ! » l. 10), et le geste dont il l'accompagne (il « se frott[e] les mains », l. 17) sont bien plats. S'agit-il, d'ailleurs, d'une nouvelle ? « Nous comptions te demander ton avis aujourd'hui même » (l. 11-12), dit Mme Roland. Mais nous savons (depuis le chapitre VI) que la décision de Jean est prise. Ce dénouement n'en est donc pas un, au sens où il n'apprend rien au lecteur.

En outre, la dernière phrase du texte attire notre attention sur Pierre, qui vient de disparaître au loin. Elle apporte ainsi une note de tristesse, de gravité à la fin du récit. D'ailleurs, les expressions « quitter » (l. 20), « dernier regard » (l. 22), « plus rien » (l. 23), semblent appartenir à un dénouement amer plutôt qu'à une fin heureuse.

CONCLUSION

Cette page marque de manière définitive le triomphe de Jean sur Pierre. Avec une ironie amère, l'auteur mêle ici les éléments d'une fin heureuse à d'autres notations plus graves.

Cette ambiguïté est caractéristique de l'art de Maupassant, qui aime surprendre, dérouter son lecteur. La dernière scène du récit semble nous présenter une famille reconstruite et unie. Mais il s'agit là d'une apparence trompeuse. Car ces êtres ne parviennent à se réunir qu'au prix d'une exclusion et d'un mensonge : Pierre, le vrai fils, a quitté le foyer, et c'est le fils illégitime qui est appelé désormais « notre Jean » (l. 4).

Bibliographie

BIOGRAPHIE DE MAUPASSANT

- TROYAT Henri, *Guy de Maupassant*, Paris, Éd. Flammarion, 1989.

ÉTUDES GÉNÉRALES SUR MAUPASSANT

- BESNARD-COURSODON Micheline, *Étude thématique et structurale de l'œuvre de Maupassant : le piège,* Paris, Éd. Nizet, 1973.
- CA. 'ELLA Charles, *Structures romanesques et vision sociale chez Maupassant,* Lausanne, Éd. L'Âge d'homme, 1973.
- *Flaubert et Maupassant écrivains normands,* ouvrage collectif, Paris, Éd. PUF, 1981.
- PARIS Jean, *Le Point aveugle,* Paris, Éd. du Seuil, 1975.
- VIAL André, *Maupassant et l'art du roman,* Paris, Éd. Nizet, 1954.

ÉDITIONS DE *PIERRE ET JEAN*

- MAUPASSANT, *Pierre et Jean*, texte présenté par Daniel Leuwers, Paris, Éd. Flammarion, coll. « GF », 1992.
- MAUPASSANT, *Pierre et Jean*, texte présenté par Bernard Pingaud, Paris, Éd. Gallimard, coll. « Folio », 1982.
- MAUPASSANT, *Pierre et Jean*, texte présenté par Marie-Claire Ropars-Wuilleumier, Paris, Éd. Le Livre de poche, 1984.
- MAUPASSANT, *Romans*, texte présenté par Louis Forestier, Paris, Éd. Gallimard, coll. « Bibliothèque de la Pléiade », 1987.

ÉTUDES SUR *PIERRE ET JEAN*

- MOUGENOT Michel, *Pierre et Jean de Maupassant,* Paris, Éd. Bertrand-Lacoste, coll. « Parcours de lecture ».
- ROPARS-WUILLEUMIER Marie-Claire, « Lire l'écriture », in *Esprit,* n° 12, décembre 1974.

ADAPTATIONS CINÉMATOGRAPHIQUES

- *Pierre et Jean,* d'André Cayatte, d'après Maupassant, 1943.
- *Pierre et Jean* (titre original : *Una mujer sin amor*), de Luis Buñuel, d'après Maupassant, 1951.

Index

Guide pour la recherche des idées

Amour

Argent

Comique

Décor

Double

Étrange et fantastique

Famille

Femme

Folie

Horla (Le)

Images, comparaisons, métaphores

Impressionnisme

Jalousie

Mariage

Médiocrité

Mer

Monologue intérieur

Naturalisme

Points de vue

Psychologie

Réalisme

Satire

Société

Styles direct, indirect, indirect libre

Temps

Les références renvoient aux pages du Profil.

Achevé d'imprimer par la Nouvelle Imprimerie Laballery (58500 Clamecy) - France
Dépôt légal : 74830-1/06 - mars 2015 - 502163